姉の身代わりで婚約したら何故か辺境の聖女と呼ばれるようになりました

冬月光輝

「再生魔法《リ・ワインド》……！」
「驚いたな。こんなにも早く、こんなにも広範囲に渡って荒地を緑豊かな土地に再生させてしまうなんて」

フェルナンド
若き辺境伯。
元はイザベラの婚約者
だったが、
シルヴィアを迎え入れる。
シルヴィア
魔術師家系
ノーマン伯爵家次女。
独学で身に着けた
再生魔法が得意。

「お姉様！行きましょう！」
私はお姉様の手を引いて
ルルリアの背中に
飛び乗りました。
ルルリア
シルヴィアが救った
山の主である、
白狐の子供。

イザベラ
シルヴィアの姉。
才色兼備だが、プライドが
非常に高く
負けん気が強い。

CONTENTS

姉の身代わりで婚約したら何故か辺境の聖女と呼ばれるようになりました

冬月光輝　ill. 先崎真琴

Ane no migawari de

konyakushitara nazeka Henkyou no Seijo to

yobareruyouninarimashita.

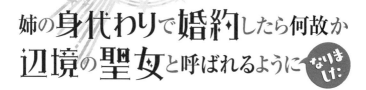

プロローグ

私には一歳年上のイザベラという名前のお姉様がいます。

我が家は伯爵家でそれなりに裕福な家庭なのですが、イザベラお姉様は甘え上手で亡くなったお母様にもよく似ており、お父様から溺愛されていましたので、彼女は欲しいものを大体手に入れることに成功していました。

「これ、もう飽きちゃった」

「これ、もう要《い》らないわ」

「これ、もう壊れてしまったから捨てます」

しかし、イザベラお姉様は飽き性な上に物を雑に扱うことが度々あります。

そのため、せっかくおねだりして手に入れたものを飽きたと言っては捨ててしまわれたり、壊してしまわれたり、そういったことが多かったのです。

私はお姉様のそんな行動を見て『もったいない』と感じ、彼女が壊して捨てたものを直して使うようになりました。

そもそも、私は基本的に着るものや遊ぶものが彼女のおさがりばかりでしたので、その延長線上みたいな感じです。

玩具や文房具などちょっと直せば使えるものが多かったので、直すこと自体も楽しくてハマってしまいました。

また、我が家は古くから魔術師の家系でお父様も名の知れた魔術師なのですが、私とお姉様も魔法の修行は幼少の頃から積んでおります。

そんな修行の最中、古い魔導書に記されていた〝再生魔法〟というものに興味を惹《ひ》かれるようになりました。

これを覚えればどんなものでも直すことが出来ます。夢のような魔法に心を奪われてしまった私は独学で厳しい修行を積んで、再生魔法を修得することに成功しました。

もう亡くなってしまいましたが、大賢者とも呼ばれていたお祖父様は再生魔法を覚えたことにとても驚かれました。なんでも、再生魔法とは特別な才覚を持つ者にしか修得出来ないとのことです。

扱える者はほとんどいないとも仰《おつしや》っていました。

そんな事情もあって私の身の回りは姉からのおさがりや彼女が捨てたり壊したりした物だらけになっています。

もちろん、好きで自ら率先して直していますから最初に申しましたとおり不満はありません。むしろ、私にはどうも倹約家というか貧乏性な部分もあってお姉様の使い古しを好んで使っていました。

ですから本当に不満はないのですが……。

「また、わたくしのものを勝手に持っていって使っている。あなたは仕方のない妹ですね……」

いつからか、イザベラお姉様は私が彼女の物を直して使っている光景を見ると必ずそう一声かけて来るようになりました。

長いウェーブがかった紺色の髪をかき上げて、必ずその言葉をかけるのです。その凛々《りり》しさと可憐さが同居する瞳に見つめられると私はいつも緊張してしまいました。

私はそう仰るのならと返却しようとするのですが、いつも「飽きちゃったから要らないわ」と返されます。

そんな会話をした後、お姉様は必ずツンとした表情を見せて不機嫌そうにプイッとそっぽを向いて立ち去り、私は呆然と彼女の後ろ姿を見守るしか出来ませんでした。

返却を求めないということはそのまま使っても構わないということ。ですから、私はお姉様からのおさがりをずっと大切にしていたのです。

こんな話をするとお姉様はわがままな女性だという印象が先行しますが、彼女はそれでも尊敬すべき淑女でした。

「あなたの姉君は非常に美しく気品があらせられる」

「その上、教養も豊かで完璧な女性と言っても過言はないでしょうな」

「シルヴィア、君も姉上を見習って立派な淑女になるのだよ」

イザベラお姉様がよくお出来になりますので、皆が彼女を褒めております。私はその分、お姉様のようになりなさいと言われてしまいますが……。

お姉様は今は亡きお母様と同じく、その美しい紺色の髪が特徴的でスラッと背が高く誰しもが振り返ってしまうような容姿に恵まれた女性です。幼少のときより周囲の大人たちはイザベラお姉様は美人になると言っておりましたがそのとおりになりました。

その上、王立学院を次席で卒業するほどの才女でコミュニケーション能力も高いので友人も沢《たく》山《さん》おります。パーティーではいつも皆の中心なのです。

そういう訳で正式に婚約者が決まるまでの間、求婚希望の縁談が殺到していました。

えっ？　私ですか？　恥ずかしながらまだ相手が決まっておりません。

お姉様とは真逆で、背が低く、両親にも似ていない薄い桃色の髪をした私には浮いた話がびっくりするくらいありませんでした。

良縁とまではいかなくともお父様の面目が保てる相手が早く見つかればよいのですが……。

お姉様と似ている点といえば、アメジストに例えられるノーマン家特有の無駄にきれいな紫色の瞳だけでして、縁談とか婚約とかそういった関係のことを考えると気が重くなっていました。


そして、私が十六歳になったばかりのある日、お姉様はとんでもないモノを捨てたいと言われました。

珍しくイザベラお姉様の方からお茶に誘われ、個室のお店でお誕生日のお祝いだとケーキを奢《おご》ってもらった日のことです……。

「ねぇ、シルヴィア。よく考えてみれば、田舎暮らしって嫌ですわ。……それに、辺境伯様、そうフェルナンド様の顔にも飽きちゃったみたいです」

フェルナンド・マークランドは去年、二十歳という若さで、亡くなった父から辺境伯の地位を継いだイザベラお姉様の婚約者です。

なんと彼女は自分の婚約者である、フェルナンド様に飽きてしまったと口にされました。そしてご自身の婚約を止めてしまいたいと言い出したのです。

当然、私はそれを冗談だと思いました。なんせ辺境伯であるフェルナンド様は若くして地位もあり見た目も年頃の女性なら誰しもが憧れの感情を抱くほどの美しい青年なのですから。

その許嫁《いいなずけ》であるお姉様は周りの皆さんから羨望の眼差しを受けていましたし、親同士の決めた結婚だったとはいえ彼女が嫌がる要素がないのです。

「イザベラお姉様、何を仰っているのですか？　私を笑わせるおつもりなのでしたら、もう少し軽めの冗談の方が——」

「冗談ではありません。だから、あなたが代わりに結婚してもらえませんか？　構いませんでしょう？　あなた、わたくしのモノを貰《もら》うのが好きではありませんか」

「わ、私が代わりに結婚⁉」

唐突にとんでもないことを仰るお姉様。

いいえ、確かに色々とお姉様が捨てられたものを直していましたが、人はちょっと話が違ってきませんか？

そもそも彼が辺境伯の地位を継ぐ前からお姉様は彼の許嫁でしたから、今さら嫌になったでは済まない相手なのはご存じでしょう。

フェルナンド様のお父様が亡くなる前に私たちのお父様と結んだ縁談なのですよ。

どう考えたって、田舎暮らしが嫌くらいで婚約を破棄出来る訳ありません。

その上、妹の私が身代わりになるなんて失礼すぎますよ。許されるはずがありません。

しかし、お姉様は一度言ったら意見は曲げないという頑固な気質の持ち主です。

この発言が本気だとしたら本当にフェルナンド様との婚約を破棄しかねません。

もしも、縁談が壊れれば両家に迷惑がかかることは確実ですし、我が家の名前にも傷が付きます。

どうしたら、良いのか非常に困りました。

「別にあなただろうが、わたくしだろうが、フェルナンド様としてはノーマン家の女が嫁いだという構図は変わらないでしょう？　マークランド家は魔術師としての素養のある者が嫁に欲しいと所望してわたくしとの縁談を進めたのですから。田舎は虫も多いと聞いたので、嫌なのです」

いやいや、それはいくらなんでも横暴すぎますよ。

虫が多いくらいで、ノーマン家とマークランド家の将来の関係を壊しかねないようなことを言わないでいただけませんか？

ですが、先程も申し上げましたようにイザベラお姉様は頑なな方です。

嫌なものは絶対にイヤ。

飽きたものは要らない。

壊れたものは捨てる。

潔いくらいはっきりと自分の我を通すのはある意味では尊敬出来るのですが、今は厄介極まりないとしか言えませんでした。

「分かりました。一応、フェルナンド様と話し合ってみます。当然、お姉様も同席してくださりますよね？」

「えーっ！　嫌ですよ、気まずいじゃないですか。あと、お父様にも内緒ですよ。バレたら怒られてしまいますから」

いや、バレるも何も、仮に私がフェルナンド様のもとに嫁ぐことになったら、隠すなんて無理じゃないですか。

「イザベラお姉様、本当にフェルナンド様に話しますよ？　やめておいた方が良いと思いますが」

「もちろんですわ。フェルナンド様によろしくお伝えください」

お姉様の仰る意味が分かりません。分かりませんが、このままイザベラお姉様を暴走させる訳にもいきませんから、話だけはしてみようと思います。

あくまでも、相談という体裁で。

いつもはイザベラお姉様に甘いお父様ですが、こんなことをしていると聞けばさすがに怒るでしょう。

フェルナンド様は明後日、辺境から王都に来られます。

絶対に嫌な顔をされますよね。ああ、話すのが気が重いです……。

◆

「イザベラが田舎暮らしを嫌がっているから、君を私の婚約者に？　うーん、困ったな。急にそんなことを言われるとは思わなかったよ」

フェルナンド様がこちらに来られたときに相談をしますと当然の反応をされました。

相変わらず、女性の私が羨むくらい美しい金髪をしていらっしゃる。昔から宝石みたいなその琥珀《こはく》色の瞳で見つめられると、見惚《みと》れてボーッとしてしまうことが度々ありました。

しかし、呆れたような驚いたようなそんな表情をされていますね。

当然でしょう。なんせ、何年も前から決まっていた結婚を田舎暮らしは嫌とか虫が多いから嫌とか、そんな理由で反故《ほご》にしようと言っているのですから。

怒鳴り散らすくらいが普通の反応だと思いますので、それくらいの反応で済んでいるのはフェルナンド様の人徳のおかげです。

「そうですよね。ご無理を申し上げたことは承知していました。では、私はこれで――」

これ以上、食い下がるのは心証を悪くするだけです。

私は頑張りました。この話を伝えるだけでも勇気があったと称賛してほしいくらいです。

そもそも無理なお話に決まっています。

お姉様をもう一度説得して駄目ならば、放っておくしかないでしょう。

お父様は結局のところお姉様に甘いですから、婚約を出来るだけ平和的に解消してマークランド家と縁を切ることを選びそうです。

こうしてフェルナンド様を前にして話してみると無理だなという感覚が際立って、私は一刻も早く立ち去りたいという衝動に駆られました。

「ちょっと待って！」

「フェルナンド様……？」

私が立ち上がって帰ろうとすると、フェルナンド様は呼び止めます。

琥珀色の美しいその瞳をこちらに向けて、何かを訴えようとされていますが、なんでしょう？

「シルヴィア、君はあの〝再生魔法〟を使うことが出来るって聞いたけど。本当なのかい？ここに父の形見の壊れた万年筆があるんだけど、直せる？」

私が再生魔法を使うことが出来ることが真実なのか問われるフェルナンド様。

何故、姉の婚約の話が再生魔法の話になるのでしょう。分かりません……。

もちろん、質問に答えない理由もありませんが。

「はい。直せますよ。触ってもよろしいですか？」

フェルナンド様がかばんから取り出したのは、かなり年代物の高そうな万年筆。確かにところどころ欠けてしまっていて、微細なヒビも入っており、完全に壊れています。

姉のもの以外を直すのは本当に久しぶりです。これだけ良い万年筆なら壊れて使えないのはもったいないですよね。

彼が頷《うなず》いたのを確認して、私は万年筆に触れました。

「再生魔法《リ・ワインド》……！」

壊れた万年筆は黄金の光に包まれて徐々にその形が新品の状態に戻っていきます。

この再生魔法は対象の時間を巻き戻し、あらゆるモノを元に戻すことが可能です。

例外は人間……。死者蘇生は神の摂理に反するということで、この術式を開発した古代人によって人間にだけは使えない制約を課したのでした。

壊れて長い時間が経ったものほど元に戻すのに時間と魔力がかかりますが、この万年筆くらいなら直すことは簡単です。

「す、すごい！　すごいよ、シルヴィア！　……うーん。そうだな、イザベラの心変わりは残念だけど、シルヴィアさえ良ければ私と婚約をしてほしい。君の力を貸してもらいたいことがあるんだ」

「えっ？」

フェルナンド様は立ち上がり、私の手を握りながら、再生魔法を褒めてくれました。

いきなり手をギュッと握られてドキッとしてしまいよく聞き取れなかったのですが、私と婚約しても良いと仰《おお》せになられましたか？　彼の手の温もりを感じながら私は彼のセリフを反芻《はんすう》します。

「ほ、本当に私がお姉様の代わりで良いのですか？」

「ああ、私の妻になってくれ。不自由はさせないと約束しよう」

真剣な表情でプロポーズされるフェルナンド様を見て、私は思わず息を呑《の》みました。

今までずっと義兄になると思っていたお兄様のような方でしたから。異性として意識したことはなかったのですが、妻になるということを意識すると急に気恥ずかしいというか何というか、不思議な感覚になります。

それに、こんな私がまさか才色兼備で愛されるべくして生まれたようなイザベラお姉様の代わりになれるなんて思ってもみませんでしたので、彼の求婚には驚いているのです。

私、本当にフェルナンド様の婚約者になっても良いのでしょうか……。

◆

辺境伯であるフェルナンド様が王都に滞在される期間はたったの数日です。

ということで、彼は急いでイザベラお姉様との婚約を破棄して私と婚約し直すことになりそうだというお話をお父様に説明しました。

つまりお姉様がフェルナンド様に飽きてしまい、虫がたくさん出る田舎に住みたくないと仰ったことを伝えたのです。

お父様はお姉様がそんなことを言い出すなんて夢にも思っていなかったようでして、あんぐりと口を開けて驚いていました。

「虫が嫌いで？　そして、田舎暮らしが嫌だとイザベラが申していたのか。王都を離れとうないと。それで、代わりにシルヴィアがフェルナンド殿と婚約すると。ふーむ、いきなりすぎて話を上手く飲み込めんが、それで合っておるのだな？」

お父様は集まっている私とフェルナンド様とイザベラお姉様の顔を順番に見て腕組みをします。

そして、顎を触りながら再び口を開きました。

「まぁ、フェルナンド殿がそれで良いのならワシは何も文句はないが。イザベラは、本当にそれでよいのか？」

「…………」

イザベラお姉様は終始不機嫌そうにされており、お父様の問いかけにも黙って頷くだけでした。

お姉様のわがままを聞いて、私は動きましたのに、まさか怒っています？

イザベラお姉様の希望は通ったんですよね。それともお姉様の気が変わられたのでしょうか……。

「これ、何とか言いなさい。お前も納得しているのだな？」

「フェルナンド様が、わたくしよりもシルヴィアが良いと仰るのなら。わたくしからは何も文句はございませんわ」

不貞腐《ふてくさ》れながら、なにやら引っかかる言い回しをされるお姉様。

まるで、ご自分がフェルナンド様との婚約を嫌がっていたことを忘れているみたいです。

これではフェルナンド様が心変わりしたようにも取れるような言い回しではないですか。

「うん、そうだね。辺境の地で暮らすことを嫌がっているイザベラより、シルヴィアの方を妻として迎えたいと今は思っているよ」

「――っ⁉　な、ならば、婚約は破棄しても結構です」

フェルナンド様の言葉を聞いたイザベラお姉様は少しだけ驚いた顔をして、震える声で承諾する意思を示しました。

強く握りしめられた拳からは怒りすらも見て取れるような気がします。

お姉様、なぜ、そんなにも不機嫌なのですか？　やはり本当は婚約破棄などしたくなかったのでしょうか？

いや、それならば、私に無理やり自分の身代わりになれなんて言うはずがないですし……。

「では、早速ではあるがシルヴィアを連れて家に帰る。君は荷物などの準備をしておきなさい。まぁ、大抵のものは揃えているけどね」

「はい。急いで準備を済ませます」

私がイザベラお姉様の身代わりになる条件。それが明日から辺境の地に向かい、フェルナンド様と共に暮らすことでした。

父は特に反対もなくそれを了承しましたので、私はこの家を明日には出ます。

名残惜しい気持ちがないワケではありませんが、仕方ないです。

私が家を出るだけで丸く収まるなら、安いものなのですから。

こうして、フェルナンド様は我が家から出て行きました。

さて、私も明日のために準備をしませんと。

「あなた、何でもわたくしのものを奪っていくと思っていましたが。まさか、婚約者まで奪うとは思いませんでしたわ」

「えっ？　だって、イザベラお姉様が田舎では暮らせないって――」

「言い訳はいらないです。真実の愛っていうものがあなたと辺境伯様には芽生えたのかもしれませんが、あまりにも不義理ではありませんか……！」

怖いです。イザベラお姉様が支離滅裂すぎて、怖いです。

こんなに不条理なことを仰るような方ではなかったのですが。

まるで、私がフェルナンド様を誘惑して婚約者としての立場を奪ったかのような言い草じゃないですか。

お姉様、数日前に私に対して命じたことを覚えていないのですか？　あなたがこの状況を望んだのですよ。

「田舎暮らしが嫌だから、私に身代わりになるようにご無理を仰ったのですよね？　本当はフェルナンド様のもとに嫁ぎたかったのですか？　それなら、今からでも遅くはないと思われますが」

「今からわたくしが何を言っても野暮ったくなるに決まっています！　物を奪うだけなら許せましたが、まさか、人まで奪うなんて信じられません」

お姉様、どうしてしまわれたのでしょう。目に涙を浮かべて、泣いているではありませんか。

これでは、まるで本当に婚約者が奪われてしまったように見えてしまうのですが……。

「でも、わたくしはあなたが幸せになれるのなら我慢します。辺境でもお達者で――」

お姉様のことを本気で心配していましたら、彼女は急に笑顔になられて自室に戻って行かれました。

よく分かりませんが、納得しているということで良いのですね？　我慢します、というところにどうもモヤっとしましたが、そういうお姉様でしたし、あまり考えないようにします。

翌日、私は迎えに来られたフェルナンド様と共に馬車に乗り、辺境の地へと向かいました。

第一章 ✦ 辺境での新生活

目の前に広がるのはノルアーニ王国の最西端に位置する広大な領地。青々とした緑が広がり、馬車から見える風景に牧場や農地が目立つようになりました。

マークランド家が代々治めており、フェルナンド様も若くして辺境伯の地位に就いてからはこの広い領地を如何に住みよい場所に開拓するかに力を注いでいたそうです。

「うわぁ！　とてもキレイなところですね！」

私はマークランド家の領地を見た素直な感想を述べました。

こういうところで波風を立てずにのんびりと過ごすことが出来るなら、私はそれ以上に何も望まないかもしれません。

私はひと目見てこの辺境の地を気に入ってしまいました。

「喜んでくれて良かった。私もここは気に入っている。だからなのかな、どうも王都の賑《にぎ》やかな雰囲気が苦手でね」

「あー、分かります！　私も人が多いのが駄目なんです！」

「分かってくれるかい？　ははは、シルヴィアもイザベラと同じで王都育ちだから、こういうところには苦手意識があると思っていたよ」

フェルナンド様が私に苦手意識があるのではと懸念された辺境の地ですが、とても素敵なところだと感じられました。

確かに王都の方が娯楽が多いのは事実です。しかしながら、昔から私は大勢で騒ぐことがあまり好きではありませんでした。自分のペースで物事を進めたいというか。

なので、この地の雰囲気に既《すで》に虜《とりこ》になっていました。

「シルヴィア、これから君をある場所に案内する。マークランド家の領地の中で使い道がなくなってしまった土地にね」

「使い道がない土地ですか？」

私をとある土地に案内したいとフェルナンド様は仰せになります。

それは「使い道のない土地」とのことですが、どんな場所なのでしょう。

私に頼みたいことがあると言っていましたが、そのことと関係があるのでしょうか。

それからさらに馬車に揺られて二時間ほどで私たちは目的地につきました。

「二百年近く前に干ばつが続いたらしいんだよ。この付近、一帯がね。それまでは青々とした草木が生えていて、土も良かったから農地にしようと計画していた、と書物には記されている。だが、今はご覧の有様だ」

フェルナンド様は私を彼の領地の中で死んだ土地。つまり荒地となった場所に案内しました。

なるほど。土からは水分が抜けてゴツゴツしていますし、見事に一握りの雑草すら生えていませんね。

しかも範囲が非常に広大です。これだけの場所が農地になっていたとしたら、フェルナンド様の領地の収穫量は跳ね上がるに違いありません。

この荒地を元の緑でいっぱいの生きた土地に戻してほしい。恐らくフェルナンド様の願いはそれでしょう。

そのために私をここに連れてきたのです。

「私をこの場所に連れてきた理由というのは、再生魔法で昔の大地に戻すためですか？」

この有様を見てフェルナンド様が何を考えてここに私を連れてきたのか大体察しがつきました。

イザベラお姉様の身代わりに私がなるという暴挙が許された条件。

それは、私の力を貸してほしいというものでしたから。

ですから、フェルナンド様が何を考えていたのかはこの時点で予測することが出来たのです。

「そのとおり。君にはこの土地を復活させてほしい。万年筆を新品同様に戻した再生魔法で」

予想どおり、フェルナンド様は荒地を豊かな土地だった二百年前の姿に戻してほしいと仰せになります。

なるほど。それが出来れば確かに凄いですね。

でも、私にそんなことが出来るんでしょうか？　これだけの規模に魔法をかけたことがありませんので自信はありません。

再生魔法で今まで巻き戻した年数は精々数十年、規模だって両手で収まるくらいのものにしか使っていません。

この広大な土地を二百年前の姿に戻すとなると、かなりの魔力が必要になるでしょう。

「チャレンジはしてみます。ですが、出来るとは言い切れません。……失敗したら、どうしましょう？」

ちょっと待ってください。ここで成功すれば御《おん》の字ですけど、失敗したらまずいような気がします。

だって私がお姉様の身代わりとして成立したのは再生魔法のおかげというのがこの時点ではっきりしたのですから。

出来なかったらお役御免になるのではありませんか。

「あはは、ごめん、ごめん。別に再生魔法はダメ元さ。出来なくても君の待遇を悪くするなんて思っていないから安心してくれ。姉上のために、家のために、怖いのを我慢して頑張った君の心意気を台無しにするつもりはないよ」

正直に心配事を告げると、フェルナンド様は失敗しても大丈夫だと告げました。

でも、私が身代わりになる条件ってそういうことではないのですか？　この状況だと再生魔法の成功が必要になっているような気がしますが。

「失敗しても君が優秀な魔術師であることは間違いない。そもそも、この縁談はノーマン家が魔術的に優秀であるから成り立ったんだ。君からは、イザベラにも劣らない素質は見させてもらったから。まぁ、これが出来たら、口うるさい年寄り連中を黙らせる材料になるんだけど。それだけだ」

「そうですか。――では、自信はありませんが、さっそく術式を発動させてみますね」

フェルナンド様は失敗したからといって、立場が悪くなることはないと、優しく告げてくれましたので。私は安心して荒地の再生にチャレンジしてみようと魔力を両手に集中しました。

「再生魔法《リ・ワインド》……！」

効果範囲も元に戻す時間も、先日の万年筆とは桁違いです。

全魔力を集中させて一気に解放するイメージで辺り一面の全ての時を戻します。二百年前の豊かな大地だった頃に……！

あっ!?　よく考えてみれば、一度に広範囲で再生しなくてもちょっとずつでも良かったのでは？

広い荒野に圧倒されて、大規模に術式を展開してしまった後に私はそれに気付いてしまいました。なんとも間抜けな話です。

「――さすがに、少し疲れました」

額から落ちる汗を拭《ぬぐ》って、私がよろけるとフェルナンド様は抱き止めてくれます。

厚い胸板が頭に当たって妙に安心感があります。

せっかくですから、このまま好意に甘えて支えてもらいましょう。

本当にフラフラですし、今はそれくらいは許されるはずです。

「驚いたな。こんなにも早く、こんなに広範囲に渡って荒地を緑豊かな土地に再生させてしまうなんて」

驚いて頂けて光栄です。

というより、自分でもびっくりです。

私って、なかなかやるじゃありませんか。

見渡す限りに広がる草原や木々から生命の息吹を感じて、私は自分の働きに満足しました。

そう、荒地は元に戻ったのです。豊かな土地だった二百年前の姿に。

「私はとんでもない魔術師と結婚することになったみたいだ」

「それって、褒めています？」

「もちろん。辺境伯としても、君の夫になる者としても、歓迎するよ。シルヴィア・ノーマン」

後ろから頭を撫でられながら私はもう一度、豊かな大地を見ます。

この辺境の地で私の力が少しでも役立ってくれたという達成感を噛み締めながら……。

◆

荒地を再生させることに成功した私の辺境の町メルアナでの暮らしが始まりました。

人口は王都の十分の一にも満たないのですが、広大な土地を利用して農業や畜産業、そして林業が盛んに行われています。

フェルナンド様の屋敷も私の家の三倍の大きさがありまして、魔力を使い果たした私は上質なベッドでたっぷりと睡眠を取りました。

「のんびりしていて良いところですね」

「ふふ、その様子だと昨日はよく眠れたみたいだね。体調はどうだい？」

「このとおり食欲旺盛、元気満々です。おかわりも頂いちゃっています」

朝食のサラダがあまりにもみずみずしくて美味しかったので、ついおかわりをしたのですが……。そのタイミングでフェルナンド様は私に体調は大丈夫なのか心配されたので、ちょっと気恥ずかしくなりました。

もう少し疲れた感じを出した方がお淑《しと》やかに見えましたかね。

こうなったら、愛嬌で誤魔化してやります。サラダ美味しいです。キャベツとトマトがこんなにも甘いなんて……！

「野菜は新鮮な状態で収穫したてが食べられるからね。自慢に聞こえるかもしれないが、こっちの食材の鮮度や質は王国で一番だと自負している。気に入ってくれて良かったよ。まぁ、君なら再生魔法で簡単に新鮮な状態にしてしまうんだろうが」

「あー、その手がありましたか！　さすがはフェルナンド様！　今度試してみます！」

「ははは、すまないね。私は欲深いから、つい力があったらどう使うかばかり考えてしまうんだよ。シルヴィアは無欲なんだな」

私が考えもしなかった再生魔法の使い方をフェルナンド様が述べられたので、素直に称賛しましたら、彼は微笑みながら無欲だと言います。

そうですかね。食い意地も張っていますし、結構欲深いと思っていましたが。

再生魔法は姉の捨てたものを直す以外に特に何も興味がなかったので使い方自体をあまり考えていなかった部分が大きいです。

荒れ果てた大地を再生させるなんて昨日まで考えたこともありませんでしたし。

「とにかく昨日の君の活躍のおかげで分家の年寄り連中を黙らせることが出来そうだ」

フェルナンド様が私に荒地を再生させた理由は私との婚約を誰もに認めさせるためでした。

本来ならノーマン家の長女であるイザベラお姉様が嫁ぐ予定で話が進んでいたので、次女の私が来ることになって、反対意見もあったみたいなのです。

マークランドの本家の家長であるフェルナンド様でも周りの人間に気を遣わなくてはならないみたいでした。

「難しい方もいるんですね。私がお姉様の代わりとして力不足と言われれば、その批判は甘んじて受けますが」

「うん。どうしても変化を嫌う人っていうのはいるからね。それに私も父の地位を継いでまだ一年。皆に認められるようになるにはまだ少しだけ時間はかかる」

二十歳になったばかりで辺境伯の地位を継いだフェルナンド様はその若さから侮られることも多いみたいです。

私からすると昔からしっかりした人格者という感じで、凄い人なんですけど。

「そうなんですか。大変なんですね。フェルナンド様って前から何でも出来る人ってイメージでしたけど」

「あはははは、君よりも年上だから多少はしっかりとしてなきゃならないからね。そう見えているのなら安心したよ。大丈夫、君と結婚するまでには誰もに信頼されるような辺境伯になるから」

私が素直にフェルナンド様の印象を語ると彼は声を出して笑います。

多少はしっかりしているなんて、謙遜しすぎです。陛下からの信頼も厚いと聞いていますし。

でも、フェルナンド様は本当にそう思っていて、現状に満足出来ずに努力を続けることを忘れないようにしているのかもしれません。

結婚するまでにはもっと凄くなると断言するフェルナンド様に私は紅茶に口を付けるのも忘れて見惚れてしまいました。

「旦那様、アウトゥール子爵が来られました」

朝食が終わって紅茶を楽しんでいますと、フェルナンド様の客人が訪問されたみたいです。

アウトゥール子爵といえば、マークランド家の分家筋だったような気がします。

朝からどのようなご用件でしょうか……。

「そうか、分かった。すぐに準備するから応接室へ通してくれ」

フェルナンド様は来客の応対のために着替えられるみたいです。

アウトゥール様は何をしに来られたのでしょう。

まさか、私がフェルナンド様と婚約したことに対して抗議を？　だとしたら私は……。

「それが、子爵はシルヴィア様にも会いたいとご所望で」

「シルヴィアと？」

「はい。何でもシルヴィア様にお願いがあると」

これはどういうことでしょうか？　アウトゥール様が私にお願いがあるなんて。

一体どんな話なのでしょう？　もしかしたら再生魔法で何かを直したい、とかでしょうか。

「だそうだけど、どうする？　君が嫌ならば遠慮してもらうけど」

まずは私の意見を聞かれるフェルナンド様ですが、そんなの答えは決まっています。

私だって何の覚悟もなしにこちらに来た訳じゃないんです。

フェルナンド様の将来の妻として彼を出来るだけ立てられるように頑張るつもりです。

「もちろん、ご一緒させて頂きます」

自分の力を借りたいと仰っているのでしたら、いくらでもお貸しします。

それがフェルナンド様のためになるはずですし。まだ新参者の私ですし、早く馴染みたいと思っていますし。

こうして、私も準備してフェルナンド様と共にアウトゥール様に会うこととなりました。

◆

応接室で待っていたのは白髪交じりの初老の男性。アウトゥール様です。

　彼はフェルナンド様の姿を確認するとすぐに立ち上がり一礼しました。

「マークランド殿、突然の訪問失礼した。そちらの女性がノーマン家の――」

「シルヴィア・ノーマンです。どうぞシルヴィアとお呼びください」

　アウトゥール様と目が合った私はすぐに挨拶しました。

　イザベラお姉様の名前と違って、私の名前は恐らくご存じないと思ったからです。

　見た感じ何かしらの苦言というよりかは焦っているように見えます。何か緊急事態でも起きたのでしょうか。

「アウトゥール殿のその様子。火急の用件だと察することが出来るが。一体、何があったのだ？　シルヴィアに何か関係があるというのも気になる」

　フェルナンド様はアウトゥール様の用件を率直に尋ねました。私もとても気になるので早めに聞いておきたいです。

　特に私に対してどんな話があるのかが気がかりですから。

「察して頂いてかたじけない。実は北東のレーゲ山の御神木が何者かに切り落とされてしまいましてな。普段静かな山の魔獣たちが暴れ回ってしまい、林業や山菜採取など色々と支障をきたしまして」

　レーゲ山といえば山の主を祀《まつ》っている御神木があり、貢物をすることで契約をしているので、その山の魔獣たちは人を一切襲わないという話を聞いたことがあります。

　その大事な契約の元となっている御神木が切られるなんて由々しき事態です。

一体どこの誰がそんな不届きなことをしたのでしょう。

「それでシルヴィアに再生魔法で御神木を元に戻してほしいと？」

「左様でございます。荒地を見事に緑いっぱいの豊かな土地に戻したという神業は聞き及んでおります。護衛の者は用意致しましたゆえ」

荒地の次は御神木を再生魔法で治すということですね。なるほど。

神の力が宿っていそうですから、術式が発動してもちゃんとした効果があるのかイマイチ不安なところはあるんですよね。

でも、何とか力の限り頑張ってみようかと……。

「駄目だ。シルヴィアを危険なところには行かせられないよ。たとえ、護衛が付いたところで、ね」

「ま、マークランド殿。しかしこのままでは……」

何とかフェルナンド様は私を行かせることは許さないとしました。

危険という認識はありませんでしたね。魔術師としての厳しい修行をお姉様と共に受けた身ですから。

多分、魔獣が相手でも対応することは可能かと思うのですが……。

「あの、大丈夫ですよ。フェルナンド様」

「えっ？　シルヴィア、君は何を言ってるんだい？」

「これでも戦う術は心得ていますから。魔獣が沢山いても平気です。御神木を治しに行かせてください」

私は困っている人を見過ごすことが出来ませんでした。

自分の力を有効に使えるのでしたら、お役に立ちたい。そう心から思ったのです。

「さすがは大賢者様の血を引くノーマン家の魔術師です！　心強い！」

「アウトゥール殿、昨夜あなたはシルヴィアが次女というだけでマークランド家に嫁いで来ることを他の貴族達と反対しに来たのをお忘れか？」

「うっ……、そ、それは。マークランド家を軽く見られたことに対して苦言を呈しただけであって」

ええーっと、それはつまり私が来ることに反対した人たちの一人というのがアウトゥール様だということですか。

それでフェルナンド様は厳しい顔つきで物申しているのですね。

そういうことでしたか。うーん、約束を反故にしたのはそもそもイザベラお姉様というかノーマン家の方ですからね。

苦言を言われても仕方ないんじゃないでしょうか。

「私を受け入れるとか、受け入れないとか、関係ないですよ。そんなこと。御神木を放っておくと多くの人が困るのですから。私はそれを何とかしたいのです。お願いします」

私はフェルナンド様に頭を下げて行かせてほしいとお願いしました。

自分に対する厳しい意見があることは覚悟していましたし、そもそもだからといって見捨てて良い話でもないですから。

わがままかもしれませんが、ここは引けないと主張したいです。

「君はお人好しだなぁ。仕方ない、私も土地の責任者として同行しよう。婚約者である君を他人だらけのところに放り込むなんてしたくないし」

「フェルナンド様もご一緒に、ですか⁉　そんなの危険ですよ！」

なんと、フェルナンドは自らも私に同行すると口にされました。

そ、そんなの危ないですよ。私がレーゲ山に行くことを許してくれたのは嬉しいですけど。

これでフェルナンド様にもしものことがあったら大変です。

「ははは、平気さ。私も身を守るくらいの最低限の護身術には心得があるからね」

フェルナンド様は笑いながら大丈夫だと言われました。

確かにマークランド家の辺境伯になるべき運命に生まれた彼ですから、英才教育を受けて様々な教養などは身につけているとは思いますけど……。

その護身術で魔獣を相手にして平気なのかどうかは不安です。

しかしながら、それは私に対しても同じことが言えますのでこれ以上の文句は言えません。

ということで、御神木を治すべく私とフェルナンド様はレーゲ山へと向かいました。

◆

緑がいっぱいで気持ちがいいです。

なんていいますか、こう。のどかな場所って空気まで美味しいんですね。

北東にあるレーゲ山へと馬で向かう私たち。

馬車だと時間がかかりすぎるということで、フェルナンド様の自慢の駿馬を借りて目的地へと進みます。

乗馬は久しぶりですけど、思ったよりも乗り方って忘れていませんね。

「あそこがシルヴィア様が再生させた大地ですか。美しいですな」

道中、昨日私が再生魔法を使って再生させた大地を発見しました。

草木が生い茂り、動物や鳥たちが集まってくつろいでます。

昨日は疲れてあまりよく見ませんでしたが、こうやってじっくり見ると何だか達成感みたいなものがこみ上げてきました。

「奇跡の業だとこの辺りの領民はみんなシルヴィア様に感謝しています。来年から豊作が確定したようなものですからねぇ」

「そんなに立派なことをした訳じゃないんですが」

昨日からフェルナンド様にも言われましたが、私の再生魔法が奇跡とか神業とかそんな感じで噂されているみたいなのです。

ただ、時空間の動きを魔力で逆行させているだけなので、奇跡でも何でもありません。きちんと魔法学的な根拠に基づいた術式です。

そんな特別な何かでは決してないのです。皆さんに喜んでもらえて嬉しいことは嬉しいのですが。

私という人間のハードルが上がりすぎるとこれからの立ち振る舞いでボロが出そうで怖いのです。

「立派だったよ。誰にでも出来ることじゃない。君にしか出来ないことをやったのだから」

「あ、ありがとうございます。こんなに褒めてもらえるなんて思いませんでした」

昨日だけでなく、今日もお褒めの言葉のおかわりを頂けるなんて。

自分で思っている以上にフェルナンド様に貢献出来ていたみたいです。

再生魔法を覚えておいて良かった。思ったよりもずっと便利な魔法みたいですね。

「さて、ここから先は険しい山道だから、歩いて進むことになる。本当に大丈夫かい？」

フェルナンド様は馬から降りる私に手を差し伸べながら、最終確認をされます。

魔獣が出てくる山がまったく怖くないと言えば嘘になりますが、御神木を何とかしたいという気持ちはブレていません。

お気遣いには感謝しますが私の返答は決まっています。

「もちろん、大丈夫です。ここまで来て帰りたいなどと言いません」

差し出された大きな手を握りしめて私はフェルナンド様の質問に答えました。

彼の手はひんやりとしていましたが、その包み込むような手の大きさは安心感を与えてくれて、力が湧いてきます。

やる気は十分。山登りを開始しましょう。

「さすがに山の麓《ふもと》は魔獣も出ないと思うが、それでも十分に気を付けてくれ」

「分かりました。それにしても、草木のいい匂いがしますね。ピクニック出来たら楽しそうです」

香木が近くにあるのか、不思議な香りが漂っていて気分が高揚しました。

魔獣が暴れているなんて信じられないほど、癒やされる雰囲気で、神秘的とすら思えました。

「せっかくこっちに来てくれたんだ。本当はこちらでの生活もそんな感じでのんびり楽しんでもらいたかったんだが」

「十分楽しんでいますよ。こうやって知らない土地を歩くだけで楽しいです。もちろん、怪我をしないように気を引き締めていますけど」

御神木を治したいという気持ちがもちろん第一ですけど、知らない土地をフェルナンド様に案内してもらえるのは楽しいのです。

そして、フェルナンド様のために動けることが嬉しいと思っています。

イザベラお姉様の身代わりとなった私を本当は不本意なのに受け入れてくれた器の大きさに報いるために頑張りたいと思っていますので。

「シルヴィアってそんなに好奇心旺盛だったっけ？　いつも大人しくしていたから思ったよりも行動的で驚いたよ」

「ええーっと、それは猫を被《かぶ》っていたというか。父にフェルナンド様に失礼のないようにと口を酸っぱくして言われていたものですから」

マークランド家との縁談はノーマン家にとってそれは大事にしなくてはならないものでした。ですから、特に私のような粗忽者《そこつ》は気を付けなさいとお父様に念押しされていたのです。

「じゃあ、今の君が本来の姿なんだね」

「うー、改めてそんなことを確認されると恥ずかしいですが、そうです」

「そうか、可愛らしくて私は好きだよ」

「へっ……？」

綺麗な琥珀色の瞳で見つめられながら、「可愛らしい」と微笑みながら口にするフェルナンド様。

あまりの不意打ちに、私は間抜けな声が出てしまいました。

「あ、あのう、それって、どういう――」

「――っ⁉　気を付けて！　今、そこで物音がした！」

「お、音ですか？」

右手で私を制しながら、庇《かば》うように前に出て、フェルナンド様が物音がしたと警戒心を強めます。

確かにガサッという音が鬱蒼《うっそう》とした木々の茂みからしたような気がしました。

山の麓に魔獣が出ることは稀だと聞いていましたけど。

護衛の方もサーベルを抜いてピリピリとした空気が流れます。

「マークランド殿、どうします？　このままやり過ごすという手もありますが」

「そうだな。魔獣が大人しくしているなら、無理に――」

そのとき、私の目にはチラッと物音を立てた正体が見えました。

そしてそれを見た瞬間、私は木々の茂みに向かって駆け出します。

「シルヴィア！　危険だ！　何をやって――！」

「大治癒魔法《エクス・ヒール》！」

「……きゅ～ん」

「――っ⁉」

茂みにいたのは怪我をした白い子狐でした。

両手で覆うことが出来るくらいの小さな白狐《ビャッコ》が倒れていたのです。

放っておくと命が危ないと思ったので急いで癒やしの魔法を使うと意識を取り戻しました。

そういえば、レーゲ山の主も白狐だったような……。だとすると、この子はまさか。

駆け寄ってきたフェルナンド様は小さな白狐を見てハッとした表情を浮かべました。

「こ、これは山の主である神獣〝白狐〟の子だ。山奥にいるはずなんだが、なぜこんなところに」

目を見開いて白い子狐を見つめるフェルナンド様。

やっぱりそうでしたか。レーゲ山の主〝白狐〟は神獣と呼ばれる生き物たちの一つとして数えられています。

白狐はその神秘的な力で魔獣たちから邪の力を祓って大人しくさせていました。

しかし、御神木が倒されてしまったことで白狐を祀っていた人間との契約が切れて、現状、この山は魔獣たちが暴れているという状況になっているのです。

「ですが、白狐の子が倒れているということは――」

「うん。山奥で白狐自体に危険が迫っているのかもしれないね」

「それが御神木が倒された原因と何か関係があるんじゃないですか？」

私は御神木が切られた原因について考えていました。

そんな不届きを働く人間が何を企んでいるのか。その狙いはもしや白狐なのではないかと考えたのです。

希少な神獣の毛皮は非常に高価な金額で取引されていると聞いたことがあります。御神木もその木材としての価値はかなり高価なはずですし。

「うん。恐らく、この事件を引き起こした犯人は密猟者の類だろう。最初からそうじゃないかと睨《にら》んでいたが」

（助けて！　このままだと、母さんが死んじゃう！）

「――っ!?　えっ？　何ですか？」

フェルナンド様の声に続いて少女のようなたどたどしい声が頭に響きました。

幼い感じなのですが、澄んでいてきれいな声です。

「んっ？　シルヴィア？　だから、密猟者が白狐の――」

「す、すみません。そうではなくて、今、女の子の声がしませんでしたか？」

「女の子の声？　いや、しなかったが。そもそも、この中に女性は君一人だし」

ですよね。フェルナンド様の仰るとおり女性は私一人だけ。

そんな声がするとしたら、この近くに誰か隠れているということになりますが、そんな気配もありません。

（お願い！　母さんを早く！）

「きゅーん……」

「……まさか、この子の声？」

ピョンっと私の体をよじ登って肩の辺りで悲しそうな鳴き声を出す白狐の子供。

そういうことなんですかね。つまり、頭に響いているのは、この子の声ということなのでは。

神獣の子供ですし、それくらいは出来そうな気がします。

「この子の声って、白狐の子供の声ってことかい？」

「多分、そうです。お母さんを助けてほしいって。この子が……」

（この子じゃない！　ルルリア！　それよりも早く！）

「えっと、ルルリアっていうみたいです」

「ふむ。神獣である白狐の子ならテレパシーくらい使えても不思議じゃないか」

どうやら、ルルリアと名乗った白狐の子は私の頭に直接語りかけているみたいですね……。

そして、その言葉は母親である白狐の身に迫る危機。彼女の言葉から推測すると状況はかなり切羽詰まっているようです。

「とにかく、先を急ぐとするか。白狐が殺されるようなことがあったら、大変だ」

私たちはフェルナンド様の言葉に従って急ぎ足になりました。

密猟者がいる可能性は高い。魔獣だけでなく、それにも注意しないといけませんね。


「魔風《ウインド》！」

「――キャウッ⁉」

迫りくるワーウルフという狼の魔獣を突風で吹き飛ばして身を守ります。

山奥に進めば進むほど、魔獣に襲われる頻度が増えてきました。

ルルリアはよく麓まで生きて辿り着いたと思うくらいです。かなり傷付いてはいましたけど。

「シルヴィア、前に出なくても私たちに任せておけばよい」

「フェルナンド様こそ前に出すぎです。危険ですよ」

「それは君が前に出るからだ。まったく、困った子だね」

サーベルに付いた血をハンカチで拭いながら、フェルナンド様は苦笑いします。

彼の剣捌《けんさば》きには目を奪われました。美しいとすら思える剣の描く軌跡は確実に魔獣の急所を抉《えぐ》り、一瞬で退けます。

護身術には自信があるというレベルではありませんでした。一流の軍人って感じです。

「男っていうのは意中の女性の前で格好をつけたい性《さが》があるんだ。すまないが私のためにちょっ

とだけ守られる女性を演じてくれ」

「あ、はい。えっと、うーんと、その。分かりました……」

目を見つめられながら軽く頭を撫でられて、私に後ろに下がるように頼まれるフェルナンド様。

幼いときから彼は私の中では頼り甲斐のある兄のような存在でしたので、こうされると従うしかありません。

で、でも、今……、意中の女性って言いませんでした？　そりゃあ、私はフェルナンド様の婚約者ですけど、それはいわゆる政略結婚的な意味で。

イザベラお姉様の方が美人で頭も良いですし、私なんか眼中にないと思っていたのですが……。

「もう少しで御神木があった場所に辿り着く。気を抜かずに急ごう！」

「「はっ！」」

その大きな背中はずっと私の憧れでした。お姉様の婚約者でしたから、決して恋愛感情などなかったはずなのですが。

ですが、この胸の高鳴りはなんでしょうか。

私の中で何かが変わったような、そんな気がしました。

「これは思ったよりも酷いな」

魔獣たちを退けながら、さらに奥地へと進んだ私たちが目にしたのは幾度も斧《おの》で切りつけられてボロボロになって切り落とされた御神木でした。

貢物や祀るための神具などは持ち去られており、凄惨《せいさん》に荒らされた光景が目に映ります。

しかし、密猟者が運んでしまったものかと思われましたが、御神木はそのまま放置されていました。

これはどういうことでしょう？　持って行かなかったのには理由があるのでしょうか。

（お母さん！　やっぱりこの木を守るために！）

「お母さんが木を守るために？　それって、まさか」

「御神木を倒した理由が白狐をおびき寄せるためだったのだろう。この御神木は天界と繋《つな》がっていて、神獣である白狐の力の源でもあるからな。倒そうとすれば、姿を見せたはずだ」

知りませんでした。御神木自体にそんな大きな力があったなんて。私はてっきり、皆さんが御神木を崇めているのは白狐との契約があるからだと思っていました。

密猟者が白狐も狙っているなら御神木は放置して先にそちらを追ったと考えるのが自然でしょう。

「では、御神木がここにまだあるということは、密猟者たちは白狐を追っているということですね」

「そのとおり。白狐を探そう」

「きゅん、きゅ～ん！」

（あっちの方から母さんの匂いがする！）

「あっちみたいです！」

ルルリアが肩から降りて、私たちを導くように走り出します。

どうやら、向こうの方に神獣・白狐がいるみたいですね。

とにかくルルリアを追いかけましょう。早くしないと手遅れになるかもしれません。

私たちは走るルルリアを追いかけて、山奥のさらに奥まで進みました。

「昼間だというのに随分と暗いですね。ちょっと怖い雰囲気です」

「ところどころに血の跡が見える。しかもまだ固まっていないということは」

「傷付いて時間があまり経っていないということですよね」

大木の立ち並ぶ鬱蒼とした中を走る私たち。

フェルナンド様は木々に付着した血痕の様子から、それが付いたのはつい先程だとしました。

白狐はもうすぐそこにいるのかもしれません。そして密猟者も……。

（母さん！　母さーーん！）

「――っ⁉　あ、あそこに⁉　白狐が⁉」

ルルリアの声が頭の中で大きく響き渡り、私が彼女が走る方向のさらに向こう側を注意深く見ると、長槍を持った人たちが血塗《ちまみ》れの大きな白い狐を執拗に攻撃している様子が視界に入りました。

三十人くらいいますね。思ったよりもずっと多いです。

あの人たちが密猟者に違いありません。

そして、あの大きな白い狐こそ神獣・白狐。想像していたよりも大きいですね。体長は少なくとも五メートルを超えています。

「ゲヘへへ、手こずらせやがって。ここは俺に任せな。氷の刃でトドメを刺してやる」

密猟者の一人、顎髭の長い男が魔術師らしく両手を天に掲げて大きな氷の刃を作り出しました。

あれで一突きされると、あの巨体でも致命傷は避けられません。それは阻止しなくては。

「俺たち、これで金持ちだ！　トドメだーーーっ！　氷の大剣《アイスソード》！」

「岩巨人の鉄槌《ゴーレムハンド》！」

「「――っ⁉」」

私は白狐の前方に巨大な岩の腕を出現させて、その拳で氷の剣を粉々に砕きます。

久しぶりにこの魔法を使いました。修行時代はお姉様と岩で出来た大きな手のひらで何度もじゃんけんしたものです。

そんな修行の甲斐があって今では岩で出来た腕を自分の腕のように自在に動かすことが出来ます。

「――っ⁉　あんな若い女が高等魔法を⁉　ちっ！　良いところを邪魔しやがって！　野郎共！あの女を殺《や》れ！」

「「おおーーっ！」」

さすがに私に気付きましたか。こっちに向かってくるなら望むところです。

岩巨人の腕を一旦消して、別の術式で――。

「君はそのまま、白狐を守ることに集中していればいい」

「えっ？」

　フェルナンド様が私の肩に手を置いて一声かけたと思った瞬間、突風が横切ったみたいな錯覚がしました。

　さっきまで魔獣と戦っていたときも速いと思いましたが、今度はもっと速い。

「ぎゃっ！」

「ごぎゃっ⁉」

「げごごっ⁉」

　まるで金色の旋風のような彼の機敏な動きに面食らって、密猟者は次々と切伏せられました。

　護衛で来られた方々もフェルナンド様に続いて、密猟者を制圧して捕らえます。彼らが一網打尽にされるのにそう時間はかかりませんでした。

「くそっ！　くそっ！　よくも可愛い子分たちを！　こうなったら、もっとデカイ氷の刃で
――」

「術式を発動させるまでが遅すぎますよ。岩巨人の鉄槌《ゴーレムハンド》！」

「ぷぇっ⁉」

　密猟者のリーダーらしき顎髭の男が魔法を再び使おうとしましたので、その前に岩で出来た拳で殴り飛ばしました。

　顎髭の男は勢いよく吹き飛んで大木に衝突して失神します。

　白狐は……良かった。怪我を負っていて無事とは言えませんが息があります。

　これなら、私の治癒魔法でも十分治せる範囲内です。

「大治癒魔法《エクス・ヒール》！」

早く治さなくては、と思いながら白狐に治癒魔法を施していますと、護衛の方々の一人からこんな言葉が発せられました。

「シルヴィア様！　なんて神々しいんだろう……！　まるで一枚の名画のような美しさだ！」

いやいや、ただ治癒魔法を使っているだけで大袈裟に感動なんてしないでください。

神々しいなんて言われたことはありませんから。

「さっきの魔法捌きも凄かったです。さすがはノーマン家の天才魔術師です」

「いいですな。辺境伯殿！　可愛らしい上に才能豊かな女性が嫁いで来られるなんて。マークランド家も安泰ですな！」

ええーっと、こんなに褒められて大丈夫でしょうか？　私、結構だらしなくてダメダメな女ですよ？

このままハードルが上がっても良いことがないような……。うう、段々怖くなってきました。


治癒魔法をかけて五分くらいで白狐の傷は完全に治りました。

再生魔法を覚える過程で似た形式の治癒魔法も相当研究しましたから、得意なのです。

（助かりました。御神木さえ無事ならばあのような者たちに遅れを取ることはなかったのですが。まさか、神をも恐れぬ行動に出るとは）

「「――――っ⁉　こ、声が！」」

荘厳で神々しさを感じる女性の声が頭に響き渡ったのですが、私以外の方々にも聞こえたみたいです。

そ、そうでした。御神木を治すのを忘れていました。

治せるかどうか分かりませんが、白狐の力の源ですし、急ぎませんと。

「フェルナンド様！」

「分かっている。御神木のあった場所に急ごう」

私たちはもと来た道を戻り、御神木が倒された場所へと急ぎました。

ルルリアは母親である白狐のもとから離れませんでしたが。

神獣の力を司《つかさど》る御神木。今まで再生魔法を使ったモノとはまた異質ですが、彼女のためにもどうにかしたいです。

数分間、走って私は再び御神木の前に立ちました……。

「再生魔法《リ・ワインド》……！」

切り株に手を当てて再生魔法を施しましたが、何も起こりません。

やはり神の力というものを再び時を巻き戻して再構築するのは難しいのかもしれませんね……。

「いけそうかい？」

「いえ、御神木自体に宿っている神の力を元に戻すことが叶いませんでした」

「ふむ。そうか、そういうことか」

フェルナンド様は私の言葉を聞いて腕を組みながら考え込む仕草をされました。

どうしたら良いのでしょう。せっかくここまで来たのですから皆さんの期待に応えたいですし、何よりも白狐やルルリアが不憫です。

心無い人たちの暴力によって安寧を奪われたのですから。

「せめて、御神木が切り倒されてさえいなければ、傷くらいでしたら、治せそうなんですけど」

「んっ？　それなら切り株と切り落とされた御神木の切断面を合わせれば良いのではないか？」

「――っ⁉　な、なるほど！　それなら何とか出来そうです！」

そうですよ。バカじゃないですか、私は。

御神木自体は持ち運ばれずにここにあるのですから、切断面をぴったりとくっつければ、それを繋ぎ合わせるくらいなら出来そうです。

切り株と御神木の双方の時を繋がっていた時に戻すだけならば……。

「よし、それなら一度下山しよう。この人数じゃ手が足りないからね」

「いえ、それには及びません。岩巨人の両腕《ダブルアーム》！」

「――っ⁉　岩の腕が御神木を掴んで、切断面にぴったりと合わせた⁉」

わざわざ戻って人手を集めるなんて時間がかかりすぎます。ですから、私は岩で出来た巨大な腕を二つ出現させました。

両腕を動かすのはかなり負担になりますが、我慢です。

「三つ同時に術式を使うのは初めてですけど。ここで諦めるわけにはいかないんです！」

私は岩で出来た両腕で御神木を固定しつつ再生魔法を発動させようとしました。

魔法というのは発動させるのに繊細な魔力コントロールが必要で、二つの魔法を操りつつの発動は体内の魔力の流れに乱れを生じさせて、最悪の場合、暴走してしまうリスクがあるのですが——。

「再生魔法《リ・ワインド》ッ！　ううっ……！」

「シルヴィア！　だ、大丈夫なのか⁉　あ、熱い！　な、なんだ、この体温は⁉　もう、止めるんだ！　どう考えても危険だ！」

再生魔法を使った瞬間、体温が嘘みたいに上昇しました。フェルナンド様も私の腕を掴まれてそれに気付いたみたいです。

御神木に触れている両手が引き千切れそうになるくらい痛いです。

腕の血管が沸騰するくらい熱くなってきました。

このままだと、体中が火傷してしまうかもしれません。

魔力が暴走し、体内が蝕《むしば》まれて一生動けなくなったという人の話を父から聞いたことがありますから。

「でも、もう少しです！　もう少しなんです！　うう、ああああああっ‼」

気力で何とか魔力の暴走を抑え、再生魔法で御神木とその切り株の時間を戻し——。

「はぁ、はぁ、やっぱり三つ同時発動は難しすぎます。もう二度とやりません」

「そう願いたいものだ。まったく、君は結構無茶をする子なんだね。……でも、よく頑張ってくれた。君のおかげでこの山は救われた」

何とか御神木を元に戻すことに成功しました。

ボロボロだった御神木はピッタリと切り株にくっついて、切られた箇所がどこだったのか、もう分かりません。

山は救われたとフェルナンド様は仰っていますが、本当に大丈夫ですよね。

御神木が元通りになれば白狐はちゃんと力を取り戻せるんですよね。

そんな心配をしていますと、私たちは目を覆うようなまばゆい銀色の光に包まれました。

えっ？　こ、これは御神木が光っている？

（ありがとうございます。シルヴィア、あなたのおかげで力を取り戻すことが出来ました）

神々しい声が再び私の頭に響き渡りました。

◆

「密猟者の集団は隣国、ルーメリア王国のならず者たちだったみたいだ。やれやれ、一人、二人ならともかく三十人も侵入を許すとは。入国管理の甘さは早めに是正しなくてはな」

フェルナンド様のお屋敷でディナーを食べ終えた私たちは今日あったことについて話します。

帰り道は魔獣は白狐の力により力を弱められ、人を襲わないようにと命令を下されたので楽に戻ることが出来ました。

御神木と白狐を狙った密猟者の集団はルーメリア王国の富豪に金で雇われたとのことです。

どうやら、周辺諸国の珍しいものを秘密裏にコレクションしているらしく、余罪を洗うとフェルナンド様は意気込んでいました。

その富豪とやらにも何らかの処罰が下るようにフェルナンド様からルーメリア王国へ通達が行くでしょう。

「でも、無事で良かったです。よく考えてみると御神木を治しても白狐に力が戻るとは限りませんでしたから」

理屈では元通りになれば白狐は元気になるはずだと思っていても、そもそも前例があるのかどうなのかすら分からないことです。

神様の力が関わるようなことに、私たち人間側の理《ことわり》が通じるのか怪しいな、と思ってしまいました。

「だけど、白狐は復活した。そして、君にお礼を言った訳だ。君を聖女と呼んで、ね」

「その話は良いではありませんか」

御神木を治した直後、眩い光と共に力を取り戻した白狐が私たちの前に現れました。

そして、私にだけテレパシーを送ればいいのに、その場にいた全員の頭の中に律儀にテレパシーを響かせたのです。

最初のうちは〝シルヴィア〟と呼んでいてくれたのですが、「天界からの神の力を取り戻した」のくだりから、「あなたは聖女です」と急に聖女呼ばわりするようになり、きれいな光と共に消えてしまいました。

そのせいで、このお屋敷に戻るまでずっと護衛の方々から「聖女様」とか呼ばれてしまい、顔から火が出るくらい恥ずかしかったです。

どう考えても私みたいな地味で魔法しか取り柄のないような女、聖女なんていう柄ではないのですが……。

今では屋敷中の人も「聖女」と呼ぶようになり、山の麓に「辺境の聖女シルヴィア・ノーマン」の銅像を作ろうなんていう超恥ずかしい話も出ています。

銅像だけは絶対に止めてもらうようにフェルナンド様に嘆願しましょう。

「だが、聖女として認められたからこそ、その子を預かることになったのだろう？　いつまでなのか分からないが」

「きゅーん！」

「まさか、ルルリアを預けたいとお願いされるなんて思いませんでしたよ」

ソファーをよじ登り、私の膝の上にちょこんと乗って鎮座する可愛らしい白い子狐。

そう、何故かルルリアは私に付いてきました。白狐のお願いを聞く形で。

どうやらここ何百年も御神木に悪さを働こうという人間は現れなかったらしく、人という存在の信仰心のあり方やその本性が分からなくなったとのことです。

だからこそ彼女は知りたいと望みました。人間という生き物の本性を。そして、ルルリアに私の側に付いて人間たちを観察してほしいと頼みました。

何だか、これって人と神獣の今後の関係性に影響しそうなんですけど大丈夫なのでしょうか。

「人間というものの本性を知りたいときたか。そこを突かれると正直言って痛い。この周辺諸国だけでも戦争の火種は絶えず生まれているのだから」

フェルナンド様は辺境伯になられて、いいえ彼のお父様が健在のときから色々な国との揉《も》め事と向き合うことが多かったのでしょう。

私などよりも人間の醜い部分について知っているに違いありません。

もしも、ルルリアが人間という生き物が嫌いになってしまったら、と考えると気持ちが沈んでしまいます。

「まぁ、でも白狐に聖女として認められたシルヴィアの側にいるなら安心だ。君がそのままでいてくれればきっと白狐は人間を見捨てはしないよ」

「そうでしょうか？」

「そうだよ。それは私が保証しよう」

微笑みながら、紅茶に口をつけるフェルナンド様。

その琥珀色の瞳の輝きはどんな宝石よりも美しく、私は彼の言葉に嘘はないと確信しました。

「とにかく君はよく休んで、疲れをきちんと取るんだ。昨日、今日と慌ただしかったんだから」

「えへへ、そういえばまだ二日しか経っていませんでしたね。色々とありすぎて、そんな気がしませんでした」

そういえば、辺境に到着したのって昨日でしたね。

田舎暮らしというのはのんびりとしたものかと思っていました。いいえ、今日は私のわがままで飛び出したので自らトラブルに首を突っ込んだのですけど……。

「きゅー、きゅーん」

ですが、ようやく落ち着いて生活出来そうです。

あのような事件は滅多に起きないでしょうし。

こちらに来るときは新しい生活は不安でいっぱいでした。

でも、フェルナンド様はとてもお優しいですし、こうして一緒に雑談をしているだけで癒やされます。

私はこの辺境の地で彼とのんびりと暮らすことが出来れば幸せだろうな、と考えるようになっていました。

本来は静かでのどかなトラブルとは無縁の場所ですし、私の望みはきっと叶うと思います。

イザベラお姉様、私はこの辺境の地での生活が楽しみになってきました。

安心していてください。あなたの身代わりはきちんと果たしますから――。

◆〈イザベラ視点〉

妹は姉よりも後から生まれてきたのです。

ならば、順番は守るべきではありませんか。

わたくしが、一番目、あの子が二番目。これは天地がひっくり返ろうが定められた順番なのです。

決して覆《くつがえ》してはならない神聖なものなのでした。

なのに、なのに、あの子ったら。

わたくしに遠慮なくフェルナンド様のところに嫁いで……。フェルナンド様はわたくしの婚約者でしたのに。

これじゃあ恥ずかしくて家の外を歩けませんわ。

わたくしは妹に遅れを取った間抜けな女、に加えて妹に婚約者を奪われた哀れな女というレッテルが貼られてしまったのですから。

ええ、ええ。あの子には確かに虫が嫌いだから辺境に嫁ぎたくないと、身代わりになれと、命令しました。

だって、あの子はいつも何でも出来るっていけ好かない表情をするんですもの。

——昔からそうです。

あの子はずっと、ずっと長いことわたくしが捨てたものを得意気になって直して、自分が天才魔術師であることをひけらかしていました。

魔術師としての才能がちょっとわたくしよりも秀でているからって調子に乗っているのです。

死ぬほどの努力をして、全身疲労で動けなくなるほどの研鑽《けんさん》を積んでやっと出来るようになった高等魔法の数々、あの子はボーッとわたくしの実演を見るだけで同じことを真似て見せるような嫌味ったらしいこともしています。

わたくしのものを盗るだけでは飽き足らず、努力の成果まで奪っているのです。

わたくしはノーマン家の長女。最高の魔術師になることが義務付けられています。あの子に遅れを取るなど許されるはずがありません。

シルヴィアはわたくしの全てを奪っていく最低の妹でした。

だから許せなかった。

だから困らせてやりたかった。

フェルナンド様のところに無理を言いに行って、断られ、彼から叱責を受けて青い顔をしている彼女を横目に、颯爽と彼との結婚を決意したわたくしを演出する予定でしたのに。全部ぶち壊しですわ。

どうして、シルヴィアが辺境伯様と結婚しますの？

フェルナンド様も、フェルナンド様です。

長年の婚約者をシルヴィアの口先だけの言葉で簡単に裏切って捨てるなんて薄情ではありませんか。

「あんまりですわ……」

「やぁ、イザベラ。泣いているのかい？　もしかして、フェルナンドのこと？」

パーティー会場でわたくしは惨めになってしまい、つい涙を流してしまいました。

そこに現れたのは第二王子であるアルヴィン様です。

アルヴィン様はフェルナンド様の幼馴染でして、かつてフェルナンド様は婚約者としてわたくしのことを紹介されました。

心配そうにわたくしを見つめるアルヴィン様。

わたくしは、そんな彼を見て止まらなくなってしまいます。

こうなったらストレス解消も兼ねて全部愚痴として話してしまいましょう。

「妹にフェルナンド様を奪われましたの。前々からわたくしのものを何でも盗っていくとは思っていましたが、まさか婚約者まで奪われるとは思いませんでしたわ」

自嘲気味になりながらも、アルヴィン様に事の顛末《てんまつ》を話すわたくし。

彼はわたくしの肩を抱いて親身になって話を聞いてくださいました。

まるで恋人が優しく寄り添って慰めてくれるように……。

「フェルナンドが君を裏切るなんて信じられないな。僕だったら君みたいに美しくて、才能豊かな女性を放っておかないのに」

「アルヴィン様。なんて、お優しい。嘘でも元気になりますわ」

「本当さ。親友の婚約者じゃなかったら、僕が結婚したいくらいだったもの。まぁ、今はもう僕も婚約してしまっているから、君をものに出来なくて残念だけど」

アルヴィン様は頭を撫でて、優しく微笑みます。

なんですか、その話。ならば、さっさとフェルナンド様と別れていれば良かったです……。

アルヴィン様はナルトリア王国の第三王女であるライラ様と婚約なさっていましたわね。

「しかし、君の妹のシルヴィアだっけ？　手癖が悪いって噂は聞いていたけど、そこまでだったか」

「はい。あの子はいつもわたくしのものを奪っていくのです」

「可哀想に……。よし、わかった！　僕が恥知らずな二人に鉄槌《てっつい》を下してやる！　フェルナンド、お前は僕の想い人を泣かしたのだ！　絶対に許さん！」

なんとアルヴィン様はわたくしのために怒ってくれると仰せになってくださいました。

ふふ、王子様に怒られたとなれば、わたくしも少しは気分が良くなるかもしれません。

シルヴィア、辺境伯様、わたくしに恥をかかせた報いを受けてもらいます。


「ヒック、そもそもなー、フェルナンドは若くして親の地位を継いだこともあって、どこか達観しているところがあるいけ好かない男だったんだ。うぃーッ、ヒック」

ちょっとアルヴィン様、飲みすぎですわ。

わたくしの愚痴を聞いてもらうつもりが、かれこれ二時間も彼の愚痴に付き合っています。

フェルナンド様のことが気に食わないのはわたくしも同じですが、どれだけ溜まっていましたの。

「それでもよー。ヒック、麗しいイザベラのことを婚約者だと紹介したとき、僕は素直に応援してやろうと言ってやったさー。ヒック、内心ではお前ごときに勿体ないと思っていてもな！　グビグビ……」

かなりフェルナンド様のことを見下していたみたいですね。

アルヴィン様は王子様ですから、実際に上なんですけど。嫉妬の気持ちもこもっているように聞こえます。

まぁ、わたくしを麗しいというのはそのとおりなのですけど。しかし、ついにワインを瓶から直で飲むようになりましたか。

そろそろ、帰りましょうか。いくら王子様でも酔っ払いの相手は疲れますし。

「それにイザベラ、君の妹なー！　シルヴィア・ノーマン！　ノーマン家始まって以来の天才魔術師だと聞いたが、それ以上に性格の悪い女だという噂は聞いているぞ！　本当だったんだなー！　姉のものを何でも奪う噂は！　許せん！」

やっとシルヴィアの話に戻りましたか。そりゃあ噂にはなりますよね。わたくしが流した噂ですし。事実ですし。

わたくしのものを勝手に奪っては我がもののように使う図々しい女だとみんなに知ってもらいたかったので、わたくしは周囲の方にそれを言いふらしていました。

「そういえば、以前のパーティーで彼女を見たとき全身がイザベラが身につけていたものでコーディネートされていたな！」

「えっ？　何故それを……？」

「ずっとイザベラを見守ってきたから知っているさ。ようやく、分かったぞ。あの女は薄汚い盗《ぬす》人《っと》だ」

何か聞き捨てならないようなセリフを聞いた気がしますが、わたくしのことを意識的に見てしまうのは致し方ないことでしょう。どうしても目立ちますし。

しかし、これでシルヴィアが性悪女だということがアルヴィン様によく伝わりましたね。

シルヴィアとフェルナンド様に説教をしに行ってくれるとは本当でしょうか？　そうしてくれると嬉しいのですが。あの子も恥をかくでしょうし。

「うぃーッヒック、イザベラ！　君のことが好きだ！　だから絶対にフェルナンドとシルヴィアを許すわけにはいかない！　ヒック！」

わたくしを好いていることは嬉しいです。酔っ払いながら告白はちょっと引っかかりますが。

ですが、待ってください。アルヴィン様はこのわたくしを口説いています？　婚約者がいる身で。

もしかして、これはチャンスですか？　第二王子夫人になれる……。

このとき、わたくしもかなりハイペースで飲んでおり頭がよく回っていませんでした。シルヴィアが辺境伯と結婚するなら、もっと地位の高い方と結婚したいという欲望も背中を押していました。

「イザベラ、さっきも言ったが、僕が説教をしてやるから。何なら、王家の力を以《もっ》てして辺境伯の地位を奪ってやっても良い」

「素敵ですわ。アルヴィン様……」

「イザベラ……」

気付いたとき、わたくしはアルヴィン様と口づけをしていました。

人目につかないとはいえ、ナルトリア王国の王女の婚約者とキスをしてしまったのです。

「ライラなんて知るものか、イザベラの方が百倍魅力的だ。何かあっても僕がガツンとあいつに言ってやる」

アルヴィン様はそんな言葉をわたくしにかけられました。

これは、アルヴィン様は本気ですね。本気でわたくしを自分のモノにしようとされています。間違いありませんわ。

ライラ王女は随分と嫉妬深くて、裏切者は絶対に許さないというかなり気が強い女性だと噂では聞いております。

浮気なんかすると国際問題になるかもしれませんから、半端な覚悟ではないと信じていますよ。

「僕の麗しきイザベラ。君のために僕は動くよ。真実の愛は君のもとに置いてきたから」

「ありがとうございます。わたくし、アルヴィン様に全てお話しして楽になりましたわ」

「ヒック！　わはは、そうだろう、そうだろう！　たかが辺境伯の田舎男に比べて僕は第二王子！　格が違うんだよ、格が！　グビグビ……！」

この日はアルヴィン様と飲み明かしました。

わたくしも酒の量に気を付けようと思っていたのですが、記憶を失うくらい飲んでしまったみたいです。気付けば屋敷に帰って寝ていました。

どうやら想像以上にシルヴィアのせいでストレスが溜まっていたようです。

シルヴィア、あなたはもうすぐ辛酸を嘗《な》めるでしょう。わたくしのアルヴィン様があなたのもとに向かいますから。

――ざまぁみろですわ。

この姉に妹の分際で恥をかかせたことを存分に後悔なさい。

◆

ふふふ、今日のわたくしは最高に上機嫌ですわ。

アルヴィン様がシルヴィアとフェルナンド様を説教しに向かわれたという手紙を受け取りましたの。

『僕のイザベラを虐《いじ》めた連中は絶対に許さない。安心してくれ、目にもの見せてやるから』

手紙にはとても頼もしいことが書いてあり、わたくしはそれだけで胸がすく思いでした。

後悔なさい、シルヴィア、そしてフェルナンド様。

特にシルヴィア、あなたはわたくしのプライドを傷付けました。

何がノーマン家始まって以来の天才よ。

魔法がちょっとばかりわたくしよりも多くの種類が使えるくらいで調子に乗って。

見せつけるように、私のものをわざわざ奪って再生魔法を使うなんて、嫌味もいいところですわ。

フェルナンド様に無茶なことを頼んで、涙目になって帰ってくれれば良かったのに。

きっと醜く媚《こ》びへつらって、彼を奪ったのでしょうけど、あの卑しい子には遠慮という概念が欠けているということが理解出来ました。

ですが、シルヴィアが調子に乗るのもここまでです。

アルヴィン様はわたくしを本気で愛してくれていますから。

酔っ払っていたとはいえ、あれだけ情熱的にキスをしてくれたのです。本気に違いありません。

きっと彼はわたくしの無念を晴らし、最後にはプロポーズしてくれるやもしれませんね。

まぁ、アルヴィン様はナルトリアのライラという王女と婚約されていますが、逆にそんな状況で覚悟もなしに口づけするなんてわたくしに失礼すぎます。

真実の愛はわたくしにあると仰せになりましたし、それと天秤《てんびん》にかければ彼がどういった選択をするのかは明らかです。

早く帰ってきてほしいですわ。辺境からの楽しいお土産話を片手に。

うふふ、それにしても楽しみですの。

あの生意気なシルヴィアがどのように裁かれるのか……。

「イザベラ、ちょっとこっちに来なさい」

「お、お父様？」

そう思っていましたら、ノックの音と共にお父様が声をかけてきました。

どうやらわたくしに話があるみたいです。

なんの話でしょうか？　まさか新しい縁談ですかね？

残念ですがこのわたくしに釣り合う殿方はなかなかおりませんのよ。

凡庸な貴族の令息ごときでは、もうわたくしは満たされはしませんから。

やはり、このわたくしを満足させられるのはアルヴィン様のような王族でなくては。

なーんて、ね。お父様にそこまでの縁談を引っ張って来られるなんて期待はしていませんの。

いくらわたくしがノーマン家の誇る有能な魔術師だからといって簡単に王族に近付くなどは出来ないでしょうし。だからこそ、アルヴィン様に取り入ったのはチャンスだったのですが。

「イザベラ、早く来なさい！」

「はい？　お父様、どうしましたの？　急に怒鳴られて。まったく、意味が分かりませんわ」

ちょっと待たせただけで、今度は書斎から大声を出すお父様。どうやら機嫌がすこぶる悪いみたいです。

お父様に怒鳴られるなんて初めてですわね。何でしょうか、本当に。

まったく怒られる理由が見つからず戸惑いながらもわたくしはお父様の書斎に行きました。

部屋に入るとプルプルと怒りに打ち震えているお父様が鎮座しています。

やっぱり相当お怒りな感じです。こんな顔は見たことがありませんもの。

「お父様、怖い顔をされてどうしましたの？　わたくし――」

「イザベラ、お前はアルヴィン殿下と接吻したそうだな。しかも公の場で……」

「――っ!?　な、な、何を仰せになりますの？　わ、わたくし、決してそのようなはしたない真似はしておりませんわ」

心臓が止まりそうになりました。お父様のセリフがあまりにも予想外だったものですから。

えっ？　えっ？　えっ？　えっ？

意味が分かりませんわ。どうして、アルヴィン様とキスしたことがお父様の耳に入っていますの？

と、とにかく、事実無根だと説明しませんと。証拠などありはしないのですから。

「お父様らしくもありませんわ。そんな風聞を真に受けてわたくしを問い詰めるなんて。大体、何の証拠があって――」

「目撃情報があるのだ。見たという者がいるのだよ。お前たちが仲睦まじくしている場面を、な」

いやいや、お父様。根拠が薄すぎますわ。

そんな訳の分からない目撃情報を信じないでくださいまし。

可愛い娘と、誰かも知らぬ者の言葉、どちらを取るかなんて、考えるべくもないでしょう。

「その方は嘘をついています。わたくし、正直がモットーですから。罪を犯せば、嘘偽りなく、本当のことをお話ししますの」

「目撃者は二十人ほどいるが、全員が嘘をついていると？」

「……ぴぇっ⁉」

へ、変な声が出てしまいましたわ。

に、に、二十人ってどういうことですの……⁉

酔っていたとはいえ、さすがにわたくしも公衆の面前でキスをするなどするはずがありません。

覚えていますわ。パーティー会場のカーテンの裏でこっそりと隠れてキスをしたことは、はっきりと。

誰かに見られるなんて、そんなこと絶対にないと言い切れます。

「カーテンの裏でお前たちがナニをしているのか、シルエットでバレバレだったらしい。あれで隠れているつもりなら、王国史上始まって以来のコメディだと言われとる」

「……へ、へぇ～」

飲みすぎて光が当たったことによってカーテンにシルエットが出来ることを失念していましたわ。そして、舞い上がっていて、そのときのことを全然省みていませんでした。

あまりにも間抜けすぎて泣けてきます。こんな馬鹿なミスをするような人間ではありませんでしたのに。

「で、正直がモットーの我が娘よ。この件について、ナルトリア王国のライラ殿下もご立腹でな。説明を求められとるらしいのだが……」

ちょっと待ってくださいな。な、なぜ、こんなことになっていますの？

これも全て、わたくしの婚約者を奪った妹のせいですわ。あの子があんなことをしなければ、やけ酒を飲んでキスなんてしなかったものを。

で、でも、シルヴィアが悪くても、ライラはわたくしを目の敵《かたき》にするでしょう。それは目に見えていますの。

ああ、なんで、なんで、わたくしがこんな目に遭わなくてはなりませんの～～～～！　あまりにも理不尽ですわ～～！

こうなったら、アルヴィン様に何とかしてもらいましょう。でも、アルヴィン様は辺境に行ってしまわれた。

ど、どうしたらよろしいんですの……。

第二章 ✦ 辺境伯様のお仕事

これは、どうしたものですか。

別に私は立派な人間じゃないですし、貧乏性でもったいないからという感覚で再生魔法を覚えただけなので、こんなことになるとは思ってもみませんでした。

こんなことっていうのはつまり――。

「やぁ、辺境伯のところの聖女様！　今日も精が出ますね」

「あ、はい。ええーっと、あはは、もう止めませんか？　その渾名《あだな》。本当に恥ずかしいんですよ」

荒れ果てた大地を再生魔法でいっぱいの草原に戻してみせた話はフェルナンド様の領地中に一瞬で広まりました。さらにレーゲ山の御神木を治した話もその次の日には皆さんが知ることになります。

話を聞いた方々は口々にやれ奇跡だの、やれ神の使いだの、と私のことを褒め称えだしたところから変な風向きになったのです。

それに加えて山の主である神獣・白狐が〝聖女〟だと私のことをあの場にいた全員に伝えたことで、一気に〝辺境の聖女〟という恥ずかしい渾名が定着してしまったのでした。

「きゅ、きゅーん」

（シルヴィアはすごい！　ルルリアも母さんも一瞬で治した！　この人もすぐだよね！）

白狐の子供のルルリアは治癒魔法を施そうとしている私の周りをぐるぐる回りながらテレパシーを送ってきます。

この子は人間の本性を見極めるために私の側にずっといます。可愛いから良いのですが、人間代表として見られているのは何とも緊張します。

「聖女様、お願いします。肩が痛くて、痛くて」

何かの事故で腕を骨折したフェルナンド様のご友人を一瞬で治療したことを皮切りに、次々と大怪我をされた方が私を訪ねるようになり、無下に扱えなかった私は全員を治したのです。

なので、フェルナンド様の屋敷の離れは簡易的な診療所になりました。

私も何もしないでボーッとしているのも憚《はばか》られたので午前中は怪我をした方々の治療をして過ごしています。

「治癒魔法《ヒール》！」

「肩が軽い！　羽が生えたような軽さだ！　やはり聖女様の治癒魔法は噂どおりの効き目ですな！」

「まさに奇跡の技！　ありがたい！」

「やめてください！　ただの治癒魔法ですから。そんな大層なものではありません」

フェルナンド様の屋敷に来てからまだ一週間しか経っていませんのに、私はすれ違った見知らぬ方々にも手を合わせられるようになってしまったのです。

あんまりですよ。私に聖女なんてキャラクターは合うとはとても思えません。

枕に顔をうずめて、足をバタバタさせたいほど恥ずかしいです。

ランチを食べるのも何か緊張します。好き嫌いは絶対に言ってはならないような気がしますし、品行方正に努めなきゃなりませんし。

イザベラお姉様なら素敵な聖女様になれそうですが、私には無理な気しかしません。

（シルヴィア、お昼食べたら麦畑に行くんでしょ⁉　ルルリア、麦畑って見たことないから楽しみ！）

そうでしたね。今日はランチを食べたら麦畑に用事があるのです。

まぁ、そんなに時間は取らない用事なので焦らなくても大丈夫なんですけど。

「聖女様がいらっしゃったぞー！」

「ありがたい。ありがたい」

「領主様は、素晴らしい娘さんを手に入れたものだ」

到着して三十秒、私の顔は真っ赤になっていたと思います。やっぱり聖女と呼ぶの止めてください、手を合わせるのも勘弁してください。

フェルナンド様の手配した護衛の方々と共に麦畑を訪れた私。

なんでも収穫しようとしたら、昨日の夜に大型の魔獣が防壁魔法を破壊して荒らして行ったみたいなのです。

「再生魔法《リ・ワインド》……！」

「「おおおおおーーーっ‼」」

麦畑を昨日の状態に戻すと歓声が上がりました。

これは農家の方々だけでなく、私たちにとっても死活問題ですから、いつもよりも力が入りました。

「そして、光の守護陣《ホーリーバリア》！」

「「うおおおおおおーーーーーーっ‼」」

「あれがノーマン家の結界技術か！」

「最高難度の光の守護陣をこうも容易《たやす》く！」

魔術師の家系として知られるノーマン家、魔法の研究は常に怠っておらず新術を開発しており、結界を作る魔法は得意分野でした。

フェルナンド様のお父様がかつて魔法が使えるノーマン家の者を所望したのは、その研究成果の結晶とも言える人材が私とイザベラお姉様だからです。

辺境は魔獣の数が多いので、結界を張れる魔術師が重宝されていますから。

「きゅーん！　きゅーん！」

（シルヴィア、格好いい！）

ルルリアは私の頬をペロペロ舐めて褒めてくれます。こうやって素直に褒められると嬉しいですね。

「これが辺境の聖女様の力！　そのうち国中で評判になるだろう！」

「何を言っている！　大陸中に決まっているだろう！」

でも、すごく見られて恥ずかしいです。

穴があったら、入りたい……。

これでいいんですよね？　帰りますよ。帰って、枕に顔を埋めなくては。もう私のメンタルは限界です。

「聖女様！　聖女シルヴィア様！　大変です！　大変なことが！」

帰ろうと馬車に乗ろうとすると、別の馬車からマークランド家の執事であるトーマスが興奮気味に駆け寄って来られました。

一体、何が起こったのでしょう。また御神木が倒された、みたいな事件でしょうか。

「マークランド家にアルヴィン殿下がいらっしゃいました！　シルヴィア様と旦那様に用事があると……！」

「あ、アルヴィン様がわざわざ辺境の地まで来られたのですか？　しかも私に会いに？」

なんとこちらにアルヴィン様が来られました。

アルヴィン様といえば、ここノルアーニ王国の第二王子。パーティーで何度かお見かけしたことはありますが話したことはありません。

イザベラお姉様と親しそうに話していたのは見たことがありますが。

確か、フェルナンド様とは幼馴染ですから彼に会いに来ただけなら納得出来ます。そのついでに新たな婚約者となった私と話がしたい、とか？

うーん。そのためだけにわざわざ何日もかけて辺境の地まで来るのかと言えば疑問が残ります。

とにかく、戻らなくては。

◆

第二王子のアルヴィン様がわざわざ王都から、辺境の地までやって来られたと聞いて、私は急いでフェルナンド様のお屋敷に戻りました。

アルヴィン様はフェルナンド様の友人と聞いていましたから、よくこちらに来るのかと使用人の方に尋ねますと、滅多に足を運ばれることはないと答えられます。

大抵はフェルナンド様が王都に用事があるなどして訪れたときに会っているらしいです。ですから、やっぱり私にただ話すだけのために来られたという線はなさそうですね。

「きっと、聖女様の噂を聞いて駆けつけてくださったんですよ！」

「聖女は止めてください。私、そんな大層な者ではありませんから」

「荒地を再生されたのは大手柄です。勲章の授与を伝えに来られたのかもしれません」

そんな大袈裟な……。

周りの皆さんは私を褒めに来られたのだと言いますが、どうもそんなに楽観的に考えられません。

王都から馬車で数日かかる辺境での噂がアルヴィン様の耳に入るにしては早すぎるような気がしますし。

少なくとも、私が大地に再生魔法を使ったこととは関係ないと思われます。

「シルヴィア様、アルヴィン殿下が話があると応接室で……」

「は、はい。もしかして、アルヴィン様は怒っています？」

「ど、どうしてそれを？」

「顔が暗いですから。嫌な雰囲気なのだろうと察しただけです」

「いやー、なぜ怒っているのか旦那様も首を傾《かし》げているんですよね」

メイドの一人がアルヴィン様が応接室で待っておられることを伝えます。その顔色があまりにも悪いので私は察してしまいました。

どうやら、アルヴィン様はお怒りらしいです。

怒らせることをした覚えはありませんが、フェルナンド様だけでなく、私を待っているということは私に原因があるのでしょう。

まさか、実家関連の話でしょうか。うーん、見当がつきません。すごく怖いです……。

「やっと来たか盗人！　僕を待たせるとはいい度胸じゃないか……！」

会うなり、ほとんど面識のない私にいきなり盗人呼ばわりしてきた失礼なアルヴィン様。

茶髪を弄《いじ》りながら、鋭い目つきで私を睨んで罵声を浴びせます。

何が何だか分かりませんが、怒っているということだけは伝わります。

いえ、本当に伝わるのはそれだけなのですが。

「えっ？　ぬ、盗人？　ええーっと、アルヴィン様、この度は遠路はるばる、ご足労頂いて――」

「そんなもの、どうでもいい！　僕は君らに説教をしてやりに来たのだ！」

せ、説教って……。私とフェルナンド様に？　なんで私たちがアルヴィン様にお説教をされなくてはならないのですか？

理由がさっぱり分かりません。あまりにもアルヴィン様とは接点がありませんし。

本当にこの方は何をされに来たのでしょう。

責められることなどしていないと思うのですが。盗人呼ばわりが特に意味不明です。

しかしながら、この怒っている様子は只事《ただごと》ではありません。

当然、何らかの理由があるはずです。

「殿下、盗人呼ばわりとは、シルヴィアに対してあまりにも失礼ではありませんか？」

「黙れ！　あの女が盗人でなくて、なんだ⁉　事実として、イザベラの婚約者だったお前を奪ったではないか！　それに、こいつが付けているものは全部イザベラのモノだぞ！」

フェルナンド様がアルヴィン様の発言を諫《いさ》めようとしますが、彼は聞く耳を持ちません。

それどころかヒートアップして、私が姉のモノを盗んだような言い回しをします。私が身に着けているものがお姉様のものというのは事実ですけど。それは私が再生魔法で直したもので、お姉様にも了解は頂いていますし。

「殿下、何を仰っているんですか？　シルヴィアはイザベラの捨てたものを再生魔法で直して使っているだけですよ」

「アルヴィン様、姉のイザベラは田舎暮らしは虫が多いから嫌だと言って、私に代わりに嫁いでほしいと頼んだのです。姉の婚約者を奪ったなどという話は事実無根です」

フェルナンド様と私は何やら大きな勘違いをされているアルヴィン様に事情を説明します。

身に着けているものの事はもちろん、お姉様の婚約者など奪ってはいないということを。イザベラお姉様自身が望んで私を身代わりにされたということを。

「はぁ〜〜〜？　貴様ら二人揃って嘘つきだな〜！　イザベラはそんなこと言ってなかったぞ！やはり、このアルヴィン・ノルアーニが貴様ら二人を成敗せねばならぬようだな！」

事情を説明しても一方的に私たちが悪いと決めてかかるアルヴィン様。

どうやら、イザベラお姉様が何かしら嘘を吹き込んだということだけは分かりました……。

そうでなくてはこんな勘違いするはずがありませんから。

お姉様、なぜ、アルヴィン様にそんなことをされたのです？　身代わりになったのに、酷いじゃないですか。

アルヴィン様は根も葉もない噂話を信じて、怒り心頭のご様子。私たちの話を聞こうともしません。

でも、ここは冷静に話をしませんと。きっと話せば分かってもらえるはずですから。

「あの、アルヴィン様。私の話を聞いてください」

「シルヴィア・ノーマン、お前が姉のものを奪い続けていたという噂は聞いていた。素行が悪いお前の話を信じられるはずがあるもんか」

えっと、もしかして、これはずっとイザベラお姉様がデマを流し続けていたということですか？

その口ぶりは私は姉のものを奪う非常識な妹だと思っているみたいですけど。

はぁ～～、どうしましょうかね。この方、最初からお姉様が全部正しくて、私たちが全部間違っているという前提で話していますから、何を話しても聞いてくれないような気がするんですよね。

フェルナンド様と目が合いますと、彼もやれやれというような表情で肩をすくめています。

もしかしたら、彼はアルヴィン様のこういった面を何度も見てきたのかもしれません。

「きゅーん！　きゅ、きゅーん！」

「んっ⁉　なんだ、このクソ狐！　この僕に何か文句あるのか⁉」

（シルヴィアは盗人なんかじゃない！　謝れ！）

「ルルリア！　止めなさい！」

なんとルルリアがアルヴィン様に抗議するように彼の裾をひっかきます。

部屋の外で待っているように言ったのですが、いつの間に入ったのでしょう。

私は慌てて彼女を抱きかかえました……。

「クソッ！　ふざけやがって！　なんだ？　フェルナンド。お前、僕に文句でもあるのか？」

「アルヴィン殿下、イザベラの話だけを一方的に信じるのはフェアではない気がしますが。私たちが嘘つきで、イザベラが正直者である根拠をご教示して頂きたい」

フェルナンド様、ここで正論を述べますか。

最初から暴論に暴論を重ねているアルヴィン様には、そんな正論は通じない気がしますが。

いや、フェルナンド様も正論は通じないと分かっていて述べているのかもしれませんね。

なんせ、どちらが嘘つきでどちらが正直者かなんて、根拠など示せるはずがないのですから。

アルヴィン様だって答えられずに怒り出すはず。そこで、冷静さを失った彼を何とか帰らせるおつもりなのでしょう。

「瞳だ！　瞳を見れば正直者かどうかなんてすぐに分かる！」

「――――っ⁉︎」

「どっちが正直者だと？　ははは、麗しいイザベラのアメジストのようにきれいに輝くあの瞳は紛《まぎ》れもなく正しき心の持ち主の目。嘘つきがどちらなんて、僕にかかればすぐに分かるのさ。あんなに美しくて可憐なイザベラが正直者でないはずがない！」

清々《すがすが》しい表情で、堂々と、アルヴィン様はイザベラお姉様を全肯定しました。

あのう、瞳の色は私もイザベラお姉様と同じ色なのですが……。そんなことを申し上げても怒られそうなので言いませんが。

髪の色は全然違うんですけどね。

お姉様は父と母から受け継いだきれいな紺色の髪なのに、私は何故か両親とは似ずに薄い桃色がかった色合いなんです。

生まれ持った魔力が髪色に影響したとか何とかお祖父様に言われたような気がしますが、コンプレックスの一つです。

髪色の話は置いておいて、これはダメなパターンですね。こんなの話し合いになるはずがありません。

だって、この方は間違いなくイザベラお姉様のことを——。

「まさか、お好きなのですか？　アルヴィン殿下はイザベラのこと……」

私が全てを察するのと同時にフェルナンド様はそれをストレートにアルヴィン様に尋ねました。

そして、それを受けたアルヴィン殿下はみるみるうちに顔が紅潮します。

まるで、熟れたトマトのような顔色になったアルヴィン様。

「す、す、す、好きじゃない！　好きちゃうわ！　ぼ、ぼ、ぼ、ぼ、僕にはら、ら、ライラという、こ、婚約者がいるんだから」

「声、震えてますよ」

アルヴィン様は分かりやすく動揺しながら全てを教えてくれました。

こんなに動揺したのは、彼の婚約者があのライラ様だからでしょう。

ライラ・ナルトリア。大国ナルトリア王国の第三王女である彼女は非常に気が強く、裏切り者を絶対に許さないと公言するような人物なのです。

ですから、もしも仮にアルヴィン様がイザベラお姉様と懇《ねんご》ろな関係になりますと、またたく間に国際問題に発展してしまうでしょう。

「恋は盲目とよく言ったものですね。だから、イザベラの話を妄信してしまわれている」

「だ、黙れ！　この田舎者め！　よく考えたら盗人とお似合いだ！　お前なんか！」

もうダメです。フェルナンド様の言葉が通じません。

友人からの侮辱したような発言を受けて、いつもは余裕のありそうな表情をされていたフェルナンド様は少しだけ悲しそうな顔を見せます。

こういうときに本音が出るとはよく聞きましたが、そんな光景見たくありませんでした。

「と、とにかく、い、イザベラは僕が守る！　恋愛感情とかはないけれど。イザベラとはそんな関係ではないけれど、僕は――」

興奮気味のアルヴィン様がイザベラお姉様への恋愛感情を否定しつつ、守る宣言をしたとき、ドアが開きました。

ノックもないとはいきなりですね。しかし、入って来られたあの方は……。

「アルヴィン殿下！　大変です！　緊急の伝令があります！」

「なんだ、騒々しい！　今それどころでは……」

緊急の伝令があるとノルアーニ王宮の兵士が汗だくになって、応接室の中まで入ってきました。

そしてアルヴィン様はイライラした顔をしながら兵士の話を聞いています。

おや？　これはどういうことでしょうか？

アルヴィン様は兵士の話を聞くと次第に青ざめた表情になりました。

「何っ！　ぼ、僕とイザベラがパーティーの席で何度も口づけをしていたという目撃情報がライラの耳に⁉　嘘だろ！　あっ……！」

「「――っ⁉」」

ええーーーっ⁉　びっくりして私は目を見開いてしまいます。

アルヴィン様はもの凄い爆弾発言を言い放ちました。

私とフェルナンド様は絶句して、アルヴィン様は口を滑らせた、しまったという顔をしています。

いや、なんで叫んだんですか。屋敷中の人が聞いていましたよ……。

「お、お前ら、今の発言聞いてた？」

間が抜けていると不敬ながら思ってしまった私はゆっくりと頷いてアルヴィン様の確認を肯定し、フェルナンド様は蔑んだ視線を旧友に送っていました。

（ねぇ、シルヴィア。口づけってなーに？）

（ルルリア、後で説明します。いや、説明する必要はありませんか）

呑気《のんき》そうな声でテレパシーを私に送るルルリアに頭の中で返事をしながら、この状況について一度整理しながら考えていました。

ええーっと、アルヴィン様はナルトリア王国の王女であるライラ様と婚約中にも関わらず、イザベラお姉様とキスをしたと自白したということですよね。

この人、よくそれで私のことを盗人呼ばわり出来ましたね。

というより、これって大事件じゃないですか？　噂ではライラ様って浮気とか絶対に許さない人みたいですし……。

裏切り者は軍隊を自ら率いて粛清しに行くみたいな冗談のような逸話もこちらに流れている人物なんですよ。

そんな気性の荒い方が怒るとなるとアルヴィン様はもちろん、イザベラお姉様もタダでは済まないと思いますが。

それに大国であるナルトリア王国と揉めたりしたら、非常に厄介なことになると思うのですが。

「アルヴィン殿下、見損ないましたよ。あなたは私たちを侮辱する前に、ご自分のされたことについて考えるべきではないのですか？」

フェルナンド様は明らかにアルヴィン様に嫌悪感を持っています。

それはそうでしょう。友人だと思っていた人が急に侮蔑の言葉を吐いたと思ったら、大変なスキャンダルを起こしていたのですから。

文句を言いたいなら、鏡の中の自分に言えばよろしかったのに……。

「ち、違う！　それは誤解だ！　イザベラは落ち込んでいたのだ！　お前らが裏切ったから！　ぼ、僕は泣いている彼女を慰めただけだ！　ぷ、プラトニックなキスなんだ！　断じて浮気ではない！」

意味が分からなすぎて目眩《めまい》がします。

せめて嘘でも、キスは否定してください。本当にイザベラお姉様とキスをしたんですね。

慰めるためにキスって、なんかいやらしくて嫌です。

しかも、何度もしていたって……。お姉様も何を考えているのでしょう。

お姉様は私が婚約者を奪ったと嘘をついているので、本当に慰めてほしいなんて思っていないはずですし。意味が分かりません。

「アルヴィン様、その言い訳ってライラ様にも通じるとお思いですか？　公の立場にある方なのですから、弁《わきま》えてもらいませんと、臣下の者たちに示しがつかないと思うのですが……」

「だ、黙れ！　盗人風情が聞いたような口を利《き》くな！　そもそも、お前らがイザベラを傷付けたことが原因じゃないか！　責任取れよ！」

そんなの無茶苦茶な理屈ですよ。

ご自分がだらしないことをしておいて、私たちのせいだとまくし立てるなんて。

段々、アルヴィン様の相手をすることが疲れてきました。

自分が窮地だというのに、私のことを盗人呼ばわりするなんて。この方、本当に私たちを構っているどころじゃない気がするのですが……。

「アルヴィン殿下、私の婚約者への無礼は慎んでもらいたい。そこまで、あなたが我々に対して尊厳を傷付けることを言うのであるならば、私も引けません。一度、陛下を交えて話し合いましょう」

私への盗人呼ばわりが収まらないので、フェルナンド様は陛下を交えて話をしたいと口にしました。

そうですね。父にも話し合いには参加してもらいましょう。

イザベラお姉様が田舎は嫌だと仰っていたことはご存じですし。

「ち、父上が何故出てくるのだ⁉　んっ？　父上？　そ、そういえば、父上はライラの一件、し、知っておるのか⁉」

「はっ！　ご存じでいらっしゃいます！　かなりお怒りのご様子で、至急帰って来なさいとのことです！」

そりゃあもちろん陛下はご存じでしょう。そして、お怒りなのも間違いありませんよ。

アルヴィン様は自らの立場が非常に悪くなっていることに気付いたらしく、赤かった顔が真っ白になります。

「オエエエエ！　ち、ち、父上が怒っている？　ウエエエエエ！」

き、汚いですね。フェルナンド様の屋敷を汚さないでください。

なんでそんな当たり前のことに今さら気付いたようなリアクションなんですか。

焦りすぎて、そんなことも失念していたのですか。

「はぁ、仕方ない。シルヴィア、こっちに来たばかりですまないが、私たちも王都に行こう。私は辺境伯の立場としても物申さなくてはやりきれない」

「はい。私もフェルナンド様と同様にこのまま黙っていられません。姉とも話し合います」

(王都に行くの？　ルルリア、都会って初めて！　楽しみ！)

という訳で、私は辺境の地での生活にようやく慣れたというのに、王都に一度戻ることになりました。ルルリア、興奮して私の腕の中でジタバタしないでください。

とにかくイザベラお姉様から真意はしっかりと聞かせてもらいます。アルヴィン様との件も含めて……。

「オエェエェ！」

「掃除させるのが先のようだな」

「フェルナンド様はよく、アルヴィン殿下のお友達でいられましたね……」

◆

さよなら、我が故郷（遠い目）みたいな感じでしみじみとした気分で辺境に移ったのに、こんなに早く王都に戻るなんて恥ずかしいです。

あのとき、目頭が熱くなるような感覚だった私に教えてあげたい。すぐにこっちに戻りますからって。

そして聖女呼ばわりされるのが未だに死ぬほど恥ずかしいから、それを事前に阻止してほしいと懇願したいです。

でも、私なんかとは比べ物にならないくらいイザベラお姉様は恥ずかしいことをしてしまっています。

まさか、婚約中のアルヴィン様とキスをするなんて。大胆にもほどがあるでしょう。

アルヴィン様に嘘を吹き込んだ上で、そんなことするくらいなら、素直にフェルナンド様のところに嫁げば良かったのに、としか思えません。

だって、誰も得しないじゃないですか。まさか、ライラ様がいるのにアルヴィン様をものに出来るなんて思っていないでしょうし。

それにしても、私も大概、お姉様の悪意をスルーしていたのだな、と自分の鈍感さに辟易《へきえき》しています。

イザベラお姉様は欲しいものは何でも手に入れていましたので何一つ不自由しておらず、不満もないと思い込んでいたのですよ。

再生魔法で直したモノに対して「盗《と》った」という言い回しをしていたことには引っかかりはありましたが、返すと言っても受け取らなかったので嫌がっているとも思えませんでしたし。

外でそんな噂をばら撒《ま》かれていたことには驚きましたね。

才色兼備で辺境伯様との結婚も決まっており、お父様からも甘々に愛情を注いでもらっていましたから、現状に普通は不満を抱きようがないじゃないですか。

ですから、人の悪評を吹聴《ふいちょう》して回るような人だと思っていなかったのです。

「なんでお姉様は私のことを悪く言って回ったのでしょう？　何でも出来て、美人で、完璧な人ですのに」

「それでも満たされなかったんだろう。イザベラは君を貶《おとし》めることで、心の渇きを満たそうとしていたんじゃないかな？」

私がフェルナンド様にイザベラお姉様に対する事情を説明すると、彼はそんなことを仰せになりました。

お姉様は自己満足のために私を貶めようとしていたということですか。

理解は出来ませんが、それっぽい理由は分かりました。

「しかし、それでアルヴィン様とキスするなんて……」

「まぁ、それはアルヴィン殿下がイザベラに惚れていたのも手伝っての不可抗力だと思うけどね。軽率なのは間違いないけど」

私に対する不満を肴《さかな》にして盛り上がっていたら、気分が乗ってきてやっちゃった、と。

アルヴィン様からすれば、惚れている傷心中の娘を慰めるシチュエーションですものね。

だからといって、立場を忘れてはならないと思いますが。

「イザベラお姉様、どうなってしまうのでしょう？」

「ライラ殿下は女性ながら男顔負けなくらいの胆力と覇気を持ち合わせており、非常に気が強い方だ。さらに裏切り者は絶対に許さない。冗談じゃなく外交を間違えたら自らが軍隊を率いて報復に来る可能性がある。イザベラの立場は……、勘当じゃ済まないかもしれない」

やはり、というか当然ですがイザベラお姉様の立場は相当悪いみたいです。

ということはアルヴィン様も、もっと窮地ですよね。

「フェルナンド様はライラ様にお会いしたことはあるのですか？」

「もちろん。辺境伯の地位を継いでから、外交で周辺諸国に行く機会も増えたからね。ナルトリア王国に行ったときに挨拶させてもらったさ」

　フェルナンド様はライラ様と面識があるみたいです。

　辺境伯という立場はこの国の外交の要。そのため、他国に行くことは多いとのことです。ナルトリア王国に行かれた経験があるのは当たり前のことでした。

「そうですよね。すみません、フェルナンド様のことは昔から存じておりますのに」

「ははは、君からすれば遠いところに住んでるお義兄さんみたいな感じだっただろうからなー。私に威厳がなかったからだろうけど」

　フェルナンド様は優しく、ポンと頭を撫でて機嫌良さそうに笑いました。

　まったくもって、そのとおりです。

　辺境伯という立場がどんなものなのかは知っていました。

　しかし何故か、フェルナンド様が国の重要な外交に関わっているというイメージがあまりにもなかったのです。

　ずっとお姉様の婚約者で、ときどき会う兄みたいな感じで接していたので、凄い立場の方ということを失念することも多々ありましたから。

　しかし、外交ですか。いえ、外交ということは。

「ちょっと待ってください！　では、今回のアルヴィン様のこの件って」

「ああ、私がライラ様の宥《なだ》め役になるだろうね――」

　先程まで笑っておられたフェルナンド様は真剣な顔をして、そう答えられました。

その目はギラリと輝いて、いつもとは違う辺境伯フェルナンド・マークランドとしての顔に私は思わずドキリとしてしまいました。

「きゅーん」

（シルヴィア、顔が赤いよ。風邪でも引いた）

（平気です。こういうのは無視してください）

馬車は辺境から王都に向けて走り続けます。

まだ、それほど懐かしくない故郷を目指して。

◆

国王陛下との謁見には時間が少しかかるということで、王都に戻った私たちは私の実家に向かいました。

実家にはイザベラお姉様が軟禁という状態で拘束されており、彼女が逃げ出さないように何人もの憲兵たちが家の前で見張っています。

お姉様もノーマン家の魔術師。その気になれば、家を破壊して逃げることくらい出来ますから……。

そんなことをすれば、いよいよ厳罰に処せられることは間違いないので、しないでしょうが。

「おお！　シルヴィア、帰ってきてくれたか！　それにフェルナンド殿もお騒がせして申し訳ありませぬ」

お父様は私が帰ってくると、今までにないくらい喜びに満ちた顔をされました。

お姉様の方が亡くなったお母様に似ていましたので、お父様はイザベラお姉様を可愛がっていたのですが、彼女がトラブルを起こしてしまったことで家のことが不安になったのでしょう。

頼りにしているぞ、と手まで握ってきたお父様からは何だか新鮮な感じがします。

「イザベラは今回の件はなんと？」

フェルナンド様は単刀直入にイザベラお姉様の話を始めました。

彼自身、お姉様が嘘をアルヴィン様に吹き込んだことを相当不快に思っているでしょうから、口調も冷たくなって当然です。

「それが、イザベラなのですが。あのバカ娘、シルヴィアが悪いと一点張りなのです。婚約者も何もかも奪われて、ヤケになったとしか」

やっぱり私が悪いんですね。

うーん。どうしてお姉様は私をそんなに敵視するのでしょう。

それにヤケになって、アルヴィン様とキスをしたって理由になっていないような……。

「まさかノーマン伯爵もシルヴィアが婚約者である私を奪ったなどという虚言を信じてはないだろうな？」

「信じるも何も、あの子が虫が嫌いだと言っていたのは私も聞いていましたし。何よりも、シルヴィアはそんなことはせんでしょう」

「お父様、私のことを信じてくれるのですね」

私はお父様がお姉様の嘘よりも私のことを信じてくれて嬉しいと素直に思いました。

イザベラお姉様に甘いと思っていましたから、何かあったら、お姉様の味方になると思っていたからです。

「意外そうな顔をするな。まぁ事実としてイザベラの方を甘やかしていたから、無理もないか。……お前はしっかりしていて、手がかからない子だったから、どうしてもイザベラに心配が向いてなぁ」

そんな話をしていますと、階段から足音が聞こえました。

どうやら、お姉様が私室からこちらに来たみたいです。

会いたくないと仰るかと思いましたが。意外ですね。

「……あら、泥棒女が来ているのね。フェルナンド様、ご機嫌よう。何やら嫌な噂のせいでわたくし、被害を受けていますの。誰かさんのせいでね」

やつれた顔をしたイザベラお姉様が会うなり被害者ぶるようなセリフを吐きます。

その姿は真に迫っていて、まるで本当に私が酷いことをしたように自分自身が感じてしまうほどでした。

「嫌な噂のせいでって、お姉様がアルヴィン様とキスをしたのは本当じゃないですか」

私はお姉様に反論しました。どんな理由があってもアルヴィン様とキスをしたのは事実。

それだけでとんでもない不祥事なのですから、それを私のせいにするのはおかしいでしょう。

「だから何？　その噂にあんたが婚約者を寝取ったことは含まれてないじゃないですか！　全ての元凶のクセに！」

（シルヴィア！　あの人、魔法を！）

ルルリアのテレパシーが頭に届くよりも早く私はお姉様が問答無用で魔力を高めているのを察知します。

彼女の目が銀色に輝き、突風を私に向かって放ちました。

嘘ですよね。家の中で、まさか魔法を使って攻撃するなんて……。

カーペットは強くはためき、テーブルの上の花瓶は落下して割れてしまいました。

「むやみに人に向かって魔法を使っては駄目だと習ったことをお忘れですか？　お姉様」

「な、何でわたくしの魔法が消えたのですか⁉」

しかし、突風は私には届きませんでした。

お姉様はそれに驚愕していますが、何も難しいことをしてはいません。

「同じ威力で同じ魔法を放つと相殺されるってことは知っていますでしょう？　私もお姉様の風魔法を感知して風魔法を放ったのです」

「くっ……」

私の話した理屈は当然お姉様もご存じのはずです。それを失念するのも彼女らしくありません。

イザベラお姉様、随分と冷静さを失っていますね。

そもそも、軟禁中に魔法を使うなんて軽率すぎますよ。

「イザベラ・ノーマン。君は僕の大切な婚約者に向かって攻撃魔法を放った。悪いがそれを看過することは出来ない。すぐに憲兵たちに連絡して、牢獄に連行してもらうとするよ」

「そ、そんな⁉　お、お待ちください！　洒落《しゃれ》に決まっているじゃないですか！」

会って数秒で怒りに任せて洒落にならない魔法を放ったお姉様は憲兵たちに連れて行かれるという話を聞いて青ざめていました。

本当にどうしたのでしょう。余裕がなくなったというか、自暴自棄にもほどがあります。

間もなく憲兵隊が到着して彼女は連れて行かれてしまいました。

「はぁ、どうしてこんなことに。あの子があんなに歪《ゆが》んでいたとは。ワシの育て方が悪かったのか……」

イザベラお姉様が連行されて、お父様は頭を抱えてため息をつきます。

可哀想なお父様です。

目に入れても痛くないくらいお姉様のことを可愛がっていましたのに、裏切られる結果となったのですから。

「ノーマン伯爵、すまないね。婚約者に対して魔法で攻撃したのを看過するわけにはいかなかった。それにシルヴィアは辺境で既に聖女と呼ばれているくらいなくてはならない人物になっているのだ」

「いや、フェルナンド殿の判断は正しい。シルヴィアもお役に立てているなら何より。イザベラ、どうしてお前は……」

悲しそうな顔をしてイザベラお姉様の名前を呟《つぶや》くお父様。

私にもお姉様が何の恨みがあって、ああなってしまったのか分かりません。

ただ、理解出来たのは、強い恨みでした。

咄嗟《とっさ》に相殺した風魔法はかなりの魔力が込められており、まともに受けてしまえば大怪我は必至です。あんな魔法は普通は人間に使うのは躊躇《ちゅうちょ》するはず。

お姉様からそのような怨念にも似た悪意を込めた攻撃をされたのはかなりショックでした。

それから、一夜は実家で過ごして、私はフェルナンド様と共に国王陛下のもとへと行きます。

お姉様もアルヴィン様も私の名前を出していて、国王陛下はその辺の事情も聞きたいらしいのですが、そんなことを言われると思わなかったので不安になりました。

でもまぁ、私がやたらと鈍感だったのがお姉様との問題が拗《こじ》れる理由の一つであることは間違いありませんし、責任がないというのもちょっと違うなという気がします。

自分の無神経なところが招いたことでもあるのなら、取れる範囲での責任は取ろうと思いました。

◆

「フェルナンド殿、久しいな。ますます、父親に似て精悍《せいかん》な顔つきになりおって」

「陛下、ご無沙汰しております」

謁見の間にて私たちは国王陛下にご挨拶させて頂きました。

陛下の玉座の傍らには不機嫌そうな顔のアルヴィン様が立っておられます。

「シルヴィア・ノーマン、伝令の兵士から辺境の地の荒地を再生させたと聞いた。神獣・白狐を助けたとも。それに白狐から〝辺境の聖女〟と称されるようになった話も聞いておるぞ。大儀であった！」

驚いたことに陛下は私を褒めてくださいました。国王陛下は思っている以上に歓迎してくれています。

意外な展開ですね……。

アルヴィン様の言っていたことを聞けば私に怒りの矛先が向くかもしれないと懸念していましたが杞憂《きゆう》だったみたいです。

「父上！　なぜ、こいつらを労《ねぎら》うのですか！　こいつらのせいで、この僕は窮地なんですよ！」

そこに血走った目をしたアルヴィン様が会話に割り込んできます。

キッと苛《いら》つきを全面に出してこっちを睨んできますし、この方は本当に私たちが悪いって考えているみたいです。

「馬鹿者が！　婚約者がいながら、公衆の面前で接吻など言語道断！　どんな理由があろうとな！」

「なっ!?　ち、父上……!?」

厳しい口調で叱責する国王陛下。正論なのですが私はホッとしました。

国王陛下は公明正大に状況から誰が悪いのかきちんと把握していらっしゃる。

アルヴィン様は少しでも陛下が味方してくれると思っていたのかアテが外れたような顔をしています。

「なんだ？　その顔は弁解したいのなら言うてみよ」

陛下は不満そうなアルヴィン様の顔をご覧になって、弁解を許しました。

どう考えても自己の正当性を認めさせるのは厳しいかと思いますが。アルヴィン様は口を開きます。

「婚約者と言ってもライラとの婚約は本意じゃなかったんです！　イザベラとは真実の愛があったから、あれは純愛！　何も恥ずかしいことじゃありません！　そもそも、こいつらがイザベラを傷付けたから、僕は慰めようと――」

思った以上にとんでもな理屈を吐き出されましたね……。

それは厳しいですよ、アルヴィン様。

イザベラお姉様のことを本当に想っていたとしても、ルールってありますから。

ましてや、相手は国家間の関係に大きな影響を与えることが出来る人物なのですから。軽率な行動は避けませんと。

「はぁ……、お前のように真実の愛を浮気の言い訳として口にする奴がおるから、世間じゃあその言葉が笑われるようになっとるのだ。このバカ息子が！」

「うっ……」

ぐうの音も出ないような正論を叩《たた》きつけられて、絶句するアルヴィン様。

真実の愛というものは尊いと思いますが、こういうときに使うと陛下の仰るとおり陳腐に聞こえます。

「そもそも、自分の尻も自分で拭けぬ未熟者がいっちょ前の口を利くな！　自分で責任を取るならワシも何も言わんでやってもよい！　ナルトリア王国にお前一人で謝りに行ってくるならな！」

「そ、そんなの無理に決まってますよ～～。ぼ、僕、ライラに殺されてしまう」

謝りに行けと言われるとヘナヘナと尻もちをついて涙目になるアルヴィン様。

やはり、謝りに行くのは怖いのですか。

それくらいの度胸なのに真実の愛を語るなんて……、世間でその文句が笑われているわけです。

アルヴィン様はライラ様に殺されると仰って、断固としてナルトリア王国に謝罪に行くことを拒否する姿勢を見せました。

ライラ様は勇猛果敢だと聞き及んでいます。なんでも剣の実力は騎士団顔負け、曲がったことは大嫌いで裏切り者は決して許さないと。

会ったことはないですが、伝わっている人物像は何とも怖そうな方です。

そんな王女様に私だってわざわざ会いたくはないですが……。アルヴィン様はライラ様の婚約者ですし、王族ですし、国の揉め事の原因になったのですから謝罪には行かれるべきでしょう。

「まったく、我が息子ながら情けない。ライラ殿のような胆力のある女性と結婚すれば、多少はマシになると思うたが、その前に躓《つまず》くとは」

あー、陛下はアルヴィン様の性格を矯正したくてライラ様と婚約させたのですね。

それって、完全に裏目じゃないですか。

いや、確かにイザベラお姉様とキスするなんて読めないでしょうけど、厄介な展開になったものですよね。

「フェルナンド殿、毎度のことで申し訳ないが、ナルトリア王国とのこの一件――」

「はい。私がライラ殿下と話し合いましょう」

「あははは、そうだフェルナンド！　お前が行け！　そもそもお前が悪いんだ！　お前が謝れ！　はぁー、良かったー！　セーフ！　ギリギリセーフだー！」

なんとフェルナンド様は国王陛下の言葉を察して自らがナルトリア王国に謝罪に行くと述べました。

それを聞いてアルヴィン様は歓喜の声を上げています。

「とはいえ、アルヴィン殿下からの直接の謝罪なしに許されるとは思えませんが」

「それはもっともな意見だ。もちろん、アルヴィンも同行させる。逃げぬように近衛隊に監視させてな」

「はぁぁぁぁ!?　ぼ、僕もぉぉぉぉぉぉ!?」

当然、アルヴィン様も行くに決まっているじゃないですか。何で大丈夫だと思っていたのでしょう。

フェルナンド様がアルヴィン様の尻拭いをすることになりましたか……。

陛下も申し訳なさそうな顔をしています。

しかし、どう考えてもライラ様の怒りの矛先はイザベラお姉様にも向きますよね。

もしかしたら、お姉様の首を要求するなど物騒なことを言われるかもしれません。

そんなの、私は——。

「陛下、今回の件は姉であるイザベラの不始末でもあります。……ですから、その、私もフェルナンド様に同行させてください！　ライラ様に謝罪する機会を頂きたいのです！」

気付けば、国王陛下にフェルナンド様と同行させてほしいと頼んでいました。

このままだと、イザベラお姉様が殺されてしまうかもしれませんし。

それは私としてはあまりにも辛いのです。

「ふむ。それは構わんが、意外だな。シルヴィア殿、お主の姉は婚約者を妹に奪われたと吹聴するほど、お主のことを毛嫌いしておるのだぞ。……それでも姉のために謝りたいと申すのか？」

国王陛下は本当に意外だと思われているのでしょう。

私がお姉様のためにナルトリア王国に行くなんて、姉妹仲が悪いはずなのに何故なのかと。

ですが、それは誤解です。

だって、私はこの前まで姉妹仲が悪いなんてこれっぽっちも思っていなかったのですから。

むしろ、私は今でもイザベラお姉様のことが大好きです。

じゃないと、お姉様の服を直して着るとかしませんよ。

お姉様の身代わりとして辺境にお嫁さんになりになんか行きませんよ。

美人で格好良くて、社交性もあって人気者のお姉様から悪口言われたり、魔法で攻撃されて、こんなにショックなんて受けませんよ。

私はお姉様に死んでほしいなんて考えたこともありません。

「本当は姉のイザベラの言うとおり、私が悪いかもしれないのです。私が姉のことを好きすぎて色々と見えなくなってしまっていた可能性がありますから。もちろん、姉のしたことが完全に許されるはずありませんが、命だけでも救えるように尽力したいです」

「う、うむ。シルヴィア殿が姉のことを好きだということは通じた。大賢者の血を色濃く継いだお主なら大丈夫だと思うが気を付けて行きなさい」

ということで、私はイザベラお姉様の命だけでも守りたいということで、フェルナンド様に同行することとなりました。

◆

「まさかナルトリア王国に行くことになるとは」

「きゅ、きゅーん！」

（すごーい！　また知らないところに行けるなんて！　楽しみ！）

他国まで遠出をすることになったと聞いて興奮気味に私の右肩から左肩への往復をするルルリアを尻目に私は外の景色を眺めました。

ノルアーニ王国からずっと西に進み、フェルナンド様の領地を越えて、関所を通過して、ナルトリア王国の王都を目指します。

領土面積は我が国のおよそ二倍。豊富な資源を他国に輸出しているこの国にノルアーニもかなり頼っている部分がありました。

ですから、今回の件を丸く収めることが出来るかどうかは、今後のノルアーニ王国の生産事情にも関わってくるのです。

「しかし、陛下ではないが意外だったな。てっきり私もイザベラと君には確執があるものだと思っていたよ。敢《あ》えて聞かなかったが」

馬車の中でフェルナンド様は彼も私とイザベラお姉様には確執があると思われていたと告白します。

これはいよいよ私の独りよがりの愛だったみたいです。傍目から見れば私はイザベラお姉様に確実に嫌われていたのでしょう。

でも、これだけは本当です。私とお姉様が仲が良かった時期は間違いなくありました。

あのときのお姉様は私の前を歩いていて、優しく道標《みちしるべ》になってくれていたのです。

「このブローチ、お姉様のおさがりじゃないんですよ」

私は真珠のサークルブローチをフェルナンド様に見せました。

このブローチは唯一、私が身に着けているものの中で最初から私のものだったアクセサリーです。

「あー、それか。そういえば、昔からずっと身に着けていたね」

「そうなんです。なんせ、これはイザベラお姉様が私にプレゼントしてくれたものですから――」

このブローチはお姉様が私がつけた方が似合うとしてプレゼントしたものです。

あの日、私たちはお父様から厳しい魔法の修行を強制させられていました。

ノーマン家に相応《ふさわ》しい魔術師になるために叱咤《しった》され続けて私はよく泣かされていたのです。そんな中、まだ幼かったお姉様は挫《くじ》けずに毅然《きぜん》とした態度で努力を積み重ねて、時には年少の私を庇ってくれましたっけ。

「日が暮れても修行を終えることが出来なくて泣いている私にお姉様は小さな箱を渡して。〝これ、もう要らないわ〟って、その日はお姉様の誕生日で、お父様から貰ったプレゼントを私にギュッと押しつけてこられて」

「自分の誕生日プレゼントを君にプレゼントしたのか？」

「はい。もちろん、返そうとしたのですが、お姉様はだったら捨てると絶対に受け取らなかったんです」

泣いていた私にお姉様は優しく微笑みかけてこのブローチを渡しました。

そして手を握りしめて、ジッと目を見つめて言葉をかけてくれたことは今でも鮮明に覚えています。

『わたくしがあなたよりも早く生まれたのは姉として、あなたの道標になるためですわ』

イザベラお姉様が道標になってくれると言われて以来、私はずっとお姉様に憧れていました。

こんなことになって。お姉様が私のことを毛嫌いしていたことを知って、本当に悲しいのです。

「君はイザベラのことを今でも慕っているんだね」

「そうですね。私のお姉様はあの日のままですから。たとえ、嫌われていることが分かっても」

お姉様、あなたが私をお嫌いでも関係ありません。私はあなたを守ります。何としてでも。

決意を固めて外の風景を眺めてみます。ゴツゴツとした岩場が続いていますね。殺風景とまでは言いませんが物寂しい気持ちになります。

関所を越えたのでナルトリア王国の王都にはもうあと数時間で到着しますが……。

（くんくんっ！　シルヴィア！　魔獣の匂いがするよ！）

ここにきてトラブルが発生しました……。

「ひ、ひぃーーーー！　ま、魔獣が、魔獣が〜〜〜！　早う！　早う！　退けいッ！」

なんとナルトリア王国に入って早々に山道でワーウルフの群が馬車を襲ってきたのです。

護衛は何人も引き連れていましたが、軽く二十頭もいる魔獣の群に、馬車は破壊され、なかなかのピンチになってしまいました。

アルヴィン様に至っては、白目を向いて大声で喚《わめ》き、パニックに陥っています。

「フェルナンド様、私、ちょっとお手伝いしてきます」

「シルヴィア、ここは護衛に任せて――、いや、私も出よう。付いてきてくれ」

「はい！　任せてください！」

私は馬車から出て行き、魔力を両手に集中して、天を仰ぎます。

護衛の方には当たらないように注意して、魔獣一体、一体を捕捉。

攻撃魔法はちょっと不得手なのですが……。

「終焉の魔炎《レクイエム・フレア》――‼」

空から降り注ぐ炎を纏《まと》った巨大な岩石。

きちんと一体、一体のワーウルフの体に直撃してくれたので、魔獣たちを殲滅《せんめつ》することが出来ました。

良かったです。まぁ、地面に底の見えない大穴が二十個出来ましたが、不可抗力ということで。

「おいっ！　なんてことしてやがる！　ナルトリアの領土をめちゃめちゃにして！　責任取れよ！　だ、だが、馬車が壊れちゃ仕方ないな、もう帰るしかないよな」

「再生魔法《リ・ワインド》……！」

「――っ⁉」

壊れた馬車と地面に空けた穴は直しませんと。

私は再生魔法で元通りに復元します。

山道はきれいになり、馬車は新品同様にピカピカになりました。

これで問題なく王都を目指すことが出来ますね。

「きゅーん！　きゅーん！」

（シルヴィア！　すごい、すごーい！）

「ちっ！　イザベラの言うとおり、嫌味な女だ！」

「さすがはシルヴィア。やれやれ、私が出た意味がなくなってしまったよ。君が付いてきてくれて良かった」

「シルヴィア様！　す、すごいです。辺境の聖女様と称されているのも納得です！」

「聖女の魔法を拝見することが出来、感動しました！」

何だか不機嫌そうなアルヴィン様と、上機嫌そうに微笑むフェルナンド様。ルルリアは直した馬車の周りを楽しそうに跳びはねています。

さらに王宮の護衛の兵士までが〝辺境の聖女〟という恥ずかしい渾名を覚えてしまい、私はぎこちない笑みを向けることしか出来なくなってしまいました。

それにしても、再生魔法は本当に便利です。こうやって、自分が壊したものを直したのは初めてですが。

こうして、私たちはさらに西へ、西へと進んでいき、その後は特にトラブルもなく王都に到着しました。

◆

「さて、ようやく王都に辿り着いた。さっそく王宮にて話し合いの席を設けてもらうように交渉をしよう。手紙は届けられているはずだから、話は通っていると思うが」

「な、な、なぁ！　ほ、本当に僕も行かねばならんのか？　フェルナンド、お前だけで行ってきても……」

フェルナンド様が着いて早々と王宮に行こうという話をするとアルヴィン様は涙目になって震えます。

ライラ様がそれだけ怖いというのでしょうが。

フェルナンド様に一人で行けなんてこと。

「それは無理ですよ。話を円満に解決するにはアルヴィン殿下の謝罪は必須です」

「いや、だがなぁ。ライラという女は――！」

「ヒヒヒーンッ！」

「――っ!?」

フェルナンド様とアルヴィン様の会話を遮るように馬が嘶《いなな》き、馬車が急停車しました。

な、なんでしょう。ここは王都の中心地ですから、魔獣などは出るはずがないのですが。

「アルヴィン・ノルアーニ！　迎えに来てやった！　早く出て来い！」

外から女性の声が聞こえてきます。

そして、ザワザワと周囲も騒がしくなってきました。

まさか、この声の主は――。

「嫌だ！　嫌だ！　こ、殺される！　ひぃぃぃぃぃ！」

「出ますよ、殿下。どう考えても引きこもる方が体裁が悪いです」

「あっ！　待ってください！」

半ば押し出されるように、アルヴィン殿下は外に出されて、フェルナンド様と私が続きます。

（あの人、誰？　怖い顔してるけど）

ルルリアの声を聞きながら私は目の前の人物たちを見据えました。これは思った以上の状況です。

気の強そうな顔立ちの赤毛のポニーテールの女性が武器を構えている兵士を百人以上率いて、腕組みしながら仁王立ちしていました。

こ、この方がナルトリア王国の第三王女——。

「ら、ライラ、ぼ、ぼ、僕はそのう」

「この私に恥をかかせるとは良い度胸じゃあないか、アルヴィン……！」

その赤毛の王女、ライラ様は腰を抜かした私たちの国の王子であるアルヴィン様に近付いて、怯《おび》えきったその顔をジィーっと睨んでいます。

アルヴィン様、なんで私をチラチラ見るんですか。

やめてくださいよ、仲間だと思われるじゃないですか。いや、正確には仲間なんですけども。

だって、ライラ様、噂で聞いているより何倍も怖いんですもの。

「シルヴィア！　シルヴィア！　ぼ、僕を助けろ！　おいっ！　ワーウルフのときみたいに！

聖女なんだろ⁉」

　いやいやいやいや、王女様とワーウルフを一緒にしないでくださいよ。

ていうか、何気に失礼じゃないですか、それ。都合の良いときだけ聖女呼ばわりも少しだけ腹が立ちます。

　ほら、ライラ様の怒りのオーラがさらに強くなっていますよ。

　えっ？　わ、私のこと睨んでませんか？　こっちに近付いて来ているのですが。

「貴様がアルヴィンと幾度も接吻したという浮気女か⁉　随分と熱烈だったそうじゃないか！

私の前に姿を見せるとは良い度胸だな！」

「ち、違います！　あ、アルヴィン様とキスしたのは、私の姉です！」

「あ、姉だとぉ？」

　それこそ、キスしそうなくらいの距離まで顔を近付けられて、凄まれた私は必死で浮気相手じゃないことを主張します。

　割とノー天気だと言われる私も、このときばかりは怖かったです。

「なんで浮気女の妹がこの国に来たんだ？」

「えっと、謝りに来ました。シルヴィア・ノーマンと申します。私の姉、イザベラ・ノーマンがこの度は本当にとんでもないことを。申し訳ありませんでした！」

　ライラ様に凄まれながらも、私は何とかイザベラお姉様の件について謝ろうとしました。

　ペコリと頭を下げて謝罪の言葉を述べたのです。

「いや、妹に謝られたとて、納得出来るはずなかろう」

「で、ですよね……」

本当に何しに来たんでしょう。

これだけの気性の王女殿下に私みたいな小娘が頭を下げても何の効果もありませんよね。

許してもらえるはずがありませんでした……。

「ライラ殿下、ご無沙汰していました。フェルナンド・マークランドです。この度は、お忙しいにも関わらず、出迎えて頂けるなんて。殿下のお心遣い、痛み入ります」

爽やかな笑顔と白い歯を見せつけて、そのよく通る低い声でライラに声をかけるフェルナンド様。

さすがはフェルナンド様です。この状況にもまったく動じていません。

「辺境伯か。そういえば、貴様はアルヴィンの友人らしいな。この男の浮気性は知っていたのか？」

「いえ、まさか。存じていたのならば、真っ先にライラ殿下に忠告差し上げましたよ。私とて、命は惜しいですから。あはは」

笑いながら、フェルナンド様はライラ様とコミュニケーションを取ろうとしていますね。

何だか、殺伐とした雰囲気がさっきよりも大分マシになってきたような気がします。

「まったく貴様はいつもそうやって煙《けむ》に巻く態度を取りおって。まぁいい。これからゆっくりと時間をかけて、そこのバカ者から事情を聞いてやる」

「ひ、ひぃぃぃぃぃ！　お、おい！　フェルナンド！　もっと、僕を擁護しろ！」

フェルナンド様が穏やかな物腰を崩さずに応対していると、ライラ様は私たちに背を向けてついてこい、というような仕草を取ります。

そのやり取りを見ていたアルヴィン様はただ一人、自分の身の危険を感じたらしく、恐怖に引きつった顔をしていました。

擁護しろ、と言われても路上ではしないでしょう。

私たちはそもそもナルトリア王宮を目指していたのですから。

「どうぞ、どうぞ。ライラ殿下のご自由に煮るなり焼くなり、好きなだけ追及してくださいませ。私はそうして頂くために参上したのですから」

「な、なんだとぉ!?　こら！　裏切り者！　主の目の前で寝返るな！」

「ふっ、では、お言葉に甘えて……そう、させてもらおう」

フェルナンド様の言葉を聞いて、ほんの少しだけ機嫌を良くされたライラ様は私たちを王宮へと案内してくれました。

一触即発だと思われたのですが、辺境伯という存在は外交の要と言われるだけあって、修羅場慣れしております。

仕事モードなフェルナンド様のそのお姿は私の目には輝いて見えていました。

「きゅ、きゅ、きゅーん」

（あんなに怖い女の人、初めてみた！　母さんより怖い！）

神獣・白狐よりも怖いとルルリアが評したライラ様。

アルヴィン様、どうかご無事で……。

◆

さて、ようやく着いた人生で初めての異国の地。

着いて早々、兵士たちに囲まれてどうなることやらと思っていたのですが。

「まさか、独房のような小部屋に軟禁されるとは」

「私たちはゲストじゃないからね。招かれざる客には容赦ない御方なのさ。ライラ殿下は」

(狭いよー！　どうして閉じ込められなきゃいけないのー⁉)

現在、私とフェルナンド様、そしてルルリアはナルトリア王宮の簡素な小部屋の中に拘束中です。

用事があれば呼びに来るとのことですが、こんなところで待たせなくても良いではありませんか。

「お茶くらい出してくれると思いましたのに。檻《おり》の中とはこんなにも殺伐としているのですね。イザベラお姉様はこんなところに何日も――」

「シルヴィアは強いね。普通、こんなところに閉じ込められたらもっと動揺するんじゃないかな？」

「動揺はしていますよ。でも、フェルナンド様が落ち着いていますから、何とかなるのではと思いまして」

フェルナンド様は私が妙に落ち着いている様子を見て、不思議そうな顔をしますが、それは彼が平気そうな顔をしているからです。

こうなることくらいは予測していたんでしょう。

軟禁すると凄まれたときも、いつもどおりの表情でした。

「私はライラ殿下の人となりを知っていたから、このくらいは予《あらかじ》め覚悟はしていたんだよ」

「でも、いずれ出してもらえると信じているんですよね？」

「あの人はなんの恨みもない私たちを殺すような趣味はないからね。大方、脅しをかけるのと同時にアルヴィン殿下と口裏合わせするのを封じたかったんだ。だから私とシルヴィアも別々に呼ばれるだろう」

フェルナンド様は尋問中に口裏合わせさせないために、私たちを軟禁したと仰せになります。

なるほど。アルヴィン様が嘘をついても私たちが矛盾する返答をすればバレてしまいますからね。

でも、軟禁するなんて酷いです。お水くらい出してほしいです。

「シルヴィア・ノーマン。ライラ殿下がお呼びだ。出てくるがよい」

「はい。……フェルナンド様、行ってきます」

「正直に話せばいい。ライラ殿下は何よりも嘘を嫌う」

そうこうしているうちに、私の名前を呼ぶ兵士が部屋の鍵を開けました。

やっぱり、フェルナンド様とは別々ですか。

嘘をつくなと言いますが、果たしてどんなことを聞かれるのやら……。考えるだけでゾワッとします。

「シルヴィア・ノーマン。貴様はあの、大賢者アーヴァイン・ノーマンの孫娘らしいな」

「あ、はい。ライラ様は祖父のこと、ご存じなのですね」

驚きました。ライラ様が私のお祖父様、アーヴァインのことを知っておられたとは。

お祖父様は、ずっと昔に大陸中を旅していたので、色んな国でお世話になっていたと言っていましたが。それでも若い王女様が名前を出すとは思いませんでした。

「周辺国の英雄の名前くらい覚えていなくてどうする？」

「す、すみません。ライラ様に英雄などと言われて祖父も喜んでいると思います」

圧が凄い。

とにかく圧力が凄いのです。

ライラ様から迸《ほとばし》る、殺気にも似たような覇気が真正面から私を捉えて……悪いことをしていないのに謝ってしまいました。

「で、浮気女であるイザベラ・ノーマンも大賢者の孫娘なのだろう？」

「は、はい！　私とイザベラは姉妹ですから」

「アルヴィン殿が言うには、な。貴様がイザベラからフェルナンドを寝取ったから、それを慰めるために、イザベラに接吻したらしいのだ。貴様は姉の婚約者を奪った不届き者なのか？」

アルヴィン様～、私のことを売ったのですか？

まったく、酷いじゃありませんか。嘘をこういうときにライラ様に吹き込むなんて。

まさか全部私のせいにするおつもりでしょうか。さすがにそれは無理だと思いますけど。

「嘘です、嘘です。そんなの嘘です。確かに姉のイザベラとフェルナンド様は婚約していましたが、姉の方から婚約者という立場を代わってほしいと言われました」

「ふーむ。では、イザベラがアルヴィンに嘘をついたことが全ての元凶と申すか。ならば、イザベラ・ノーマンをここに連れて来い！　彼女からじっくり話が聞きたい」

うーん。ライラ様が思った以上に冷静ですね。

そもそもお姉様が嘘を言っていなかったら、この事件は起こっていないことに気付いてしまいました。

しかし、お姉様は投獄中で、この国に来ることは出来ないはずですから話を聞くことはすぐには難しいかと思います。

どうにかしてそれまでにライラ様のご機嫌を取ることは出来ないでしょうか。機嫌さえ良くなればイザベラお姉様の心証も変わるかもしれませんし。

「ライラ様、再生魔法というものにご興味はありませんか？」

「再生魔法……？」

「ええ、再生魔法です。再生魔法というのは――」

私は芸を披露することにしました。

得意の再生魔法で色んなものを直して、楽しませようと考えたのです。

再生魔法――どんなものでも時を戻すことによって直すことが出来る奇跡のような魔法。

人に使うことは出来ないという制約がありますが、その汎用《はんよう》性は極めて高いです。

大賢者と呼ばれた祖父は人を幸せにすることが出来る魔法だと私に言っていました。

「ふむ、それなら見せてもらおうか」

ライラ様に再生魔法のことを話すと興味を示します。

百聞は一見にしかず、ということで私は実際に彼女の前で再生魔法を披露しました。

目の前で色々なものを直して見せたのです。ライラ様はかなり前のめりになって興味を示してくれました。

「なるほど、大したものだな。折れて使い物にならなくなっていた名刀、ひび割れてしまっていた城壁、さらに枯れてしまった花壇まで、本当に全てを直すことが出来るとは」

「どうでしょう？　色々と直しましたし、姉のことを何とか許して頂けませんでしょうか？」

「それは出来ない相談だな。貴様が代わりに謝ったとて、それはイザベラが謝ったことにはならんからな。物を直してくれたことには感謝するが、別問題だ」

ダメ元で頼んでみましたが、そんなことで融通してくれるほど甘い方ではありません。

しかしながら、話が通じないというほどでもありませんから、何とかキチンと話をつけられるように努力しましょう。

（シルヴィア〜。あの人、全然許してくれないねー。こんなに直したのに）

（そんなに簡単に許してはくれませんよ。それだけのことをお姉様はしていますから）

直したものを見つめながら不満げな声をテレパシーで頭に送るルルリア。

ライラ様が狭量なのではありません。こんなことで許してもらおうとする私の方が非常識なのです。

「ほ、他に直してほしいものはありませんか？　何でも直しますよ。人には使えませんが」

「ほう。それは姉であるイザベラの免罪を求めての態度か？」

「はい！　あっ⁉」

しまった。

正直に全部話そうと心がけていましたら、下心まで全部話してしまいました。

これじゃ、逆効果というか、なんというか。

「変わったヤツだな。貴様の話を総合すると姉は嘘をついてお前の悪口をアルヴィンに吹き込み、周りの人間にも吹聴していたのだぞ。そんな姉のために免罪を乞う意味が分からん。私なら叩き切ってやるが」

こ、怖いことを仰る。

イザベラお姉様のことを恨んでいるのかと聞かれてもそうでないとしか答えられませんし。

だって、私も人間性にかなり難があると思いますし、多分それがお姉様にとって許せない部分でもあったと思うんですよ。

物を直したときも最初は褒めてもらえていました。

いつからか「また、私のものを――」と呆れたような顔をするようになりましたが。思えば、その頃から疎んじられていたのかもしれません。

私があまりにも鈍感で気付かずに放置していたので、こんなにも溝が深くなってしまったのでしょう。

「ライラ様にとっては姉のしたことは許されないことだと思います。……それに私はきっと姉に嫌われています。それでも、バカなのかもしれませんが、姉のため、いえ、自分のために謝りたいと思っているのです」

バカだと思います。愚かだと思っています。

普通はどうでもいいとお姉様のことを切り捨てるだろうと思いました。

だけど、それでも、やっぱり見捨てることは出来ないのです。

もちろん、ライラ様からすれば私が口出しをする話でもないとお思いでしょうし、擁護の言葉も腹が立つかと思っていますが。

「阿呆だな。こんなにも阿呆なヤツは見たことがない。……フェルナンドの聴取も終わったらしい。貴様の話と細部まで一致していたとのことだ。よろしい！　今から貴様ら二人は客人としてもてなそう。独房などに入れて悪かったな」

ライラ様はフェルナンド様と私の供述が一致していたとして、客人としてもてなすと仰せになりました。

とりあえずは、独房に戻らなくて良いみたいです。

「あ、あの～、姉のイザベラの件は……」

「貴様の姉についてだが話は聞いてやる。だが、貴様の望むような結果にはならんだろう。私の勘では貴様の姉はかなり歪んでいそうだ。平たく言えば嫌いなタイプとでも言おうか」

「そ、そうですか……」

厳しい顔つきでイザベラお姉様のことを嫌いだと仰るライラ様。

一触即発は免れましたが、ライラ様の口ぶりでは時間がかかってもお姉様をこちらに呼ばなくては気が済まない感じです……。

こればかりは仕方ないのかもしれませんね。

話を聞くというだけまだ穏便だと考えられますし。

どうかお姉様、時間の許す限りきちんとした謝罪を考えてください……。


「ライラ殿下！　陛下がシルヴィア殿と話がしたいと所望しておられます！」

ライラ様とのお話が一段落ついたとき、兵士が一人、彼女に陛下が私に会いたいと仰っていると伝えます。

え、ええーっと、そのう。そ、そんな、陛下が私に？　どうしてそんな話になるのでしょうか。

「父上がこの女に？　どういうことだ？　ふむ――」

同じことをライラ様も思ったみたいで、どういう事情なのか兵士の方に話を聞いています。

ナルトリア国王陛下はライラ様のお父様。うう、想像するだけで怖いです。

「シルヴィア、こっちだ。ついて来い」

事情を聞き終えたライラ様は私を国王陛下のもとへと案内されました。この広い王宮の奥にある謁見の間へと。

（わー、きれいだねー！　こんなにきれいな場所があったなんて！）

ルルリアが興奮気味に駆けるのは、王宮の通路。

このナルトリア王宮を一言で表現するならば絢爛《けんらん》豪華です。

ノルアーニ宮殿の軽く三倍以上ある大きさに加えて、世界各国から集められた美術、芸術品が通路に並べられており、美術館かと見紛《みまが》うほどの迫力でした。

ああ、だからさっき直したモノの中にやたらと貴重なモノが多かったんですね。

さすがに骨董品を直せとは言われませんでしたが。

再生魔法を使って直してもピカピカの新品になっては骨董品の意味も成さないですからね――。

「先程、貴様が再生魔法で直した宝剣はな。ナルトリア王家の家宝だったものだ。四代前の国王の代で破損してしまったらしく、長く倉庫の中に眠っていたのだが……。その復活を聞いて父上が是非とも貴様に礼がしたいとのことだ」

あー、あの壊れた名刀とやらはそんなにも大事なものだったのですね。

すごく古くて、特殊な魔力による防壁みたいなのもあったので、実は直すのにこれまで以上に力を使ったのですよ。

なんせ何でも直せるって大見得《おおみえ》を切ってしまいましたから、こうなったら意地ですよね意地。

荒地を直したとき以上にありったけの魔力を込めて直しましたから。

実はもう既に九割近く魔力を消費してクタクタなんです。

「それが陛下が私を呼んだ理由なんですね。てっきり、怒られるかと」

ひそひそ話をしていたので聞こえませんでしたが、どうやら陛下は宝剣を直したお礼がしたいだけみたいです。

私はそれを聞いて安心しました。

「怒るだと？　そんなはずあるか。しかし、父上が来たばかりの客人に会いたいと仰るなんて滅多にないことだぞ。粗相だけは許さんからな」

ですから、圧が、圧が凄いんですよ。

ライラ様の低い声に完全に私は圧されてしまっています。

もう、逆らうなんて考えられませんので、成り行きに任せるしかないのですが。

しかし、この状況は歓迎すべき状況です。

私としては隣国の国王陛下に謁見なんていう状況は怖い以外の何物でもないのですが、確かにライラ様よりも立場的に上の方とお話し出来る機会。両国の関係修復を考えるとチャンス到来かもしれません。

「がははははっ！　お主がシルヴィア・ノーマンか⁉　あの大賢者アーヴァインの孫娘！　このナルトリア王家の家宝であった宝剣をよくぞ直してくれた！」

「…………」

豪快に笑う筋骨隆々の黒髪の美丈夫。

この方がナルトリア王国の国王――レオンハルト・ミュー・ナルトリア陛下。

四十歳くらいだと聞いていましたが、びっくりするくらい若々しいです。

そして、ライラ様以上に圧が凄いです。

「陛下、初めまして。シルヴィア・ノーマンでございます。お喜び頂いて光栄です」

内心、びくびくしながら陛下の問いかけに答える私。

宝剣を直したのですから、良いことをしたと褒められているはずなのは分かっているのですが。

「しかし驚いたのう。実はこの宝剣は大賢者殿にも修復を頼んだことがあるのだが、魔力による防壁が邪魔をして再生魔法が失敗してしまったのだ……」

「えっ？」

「大賢者殿すらお手上げであったのにも関わらず、大したものだ！　がはははっ！」

う、嘘でしょう。お祖父様、あの宝剣とやらに再生魔法を使ったことがあるのですか？

というか、私は無理やり魔力の防壁をねじ伏せたんですけど、大丈夫ですかね？　爆発とかしませんよね。

「何か褒美を取らせようと思うが、何が良い⁉　何なりと申してみよ！」

ええっーー!?　あれくらいで褒美を頂けるなんて。

いつもなら、遠慮するところですが、今はこんな状況です。

ありがたくお言葉に甘えちゃいましょう。

「では、ナルトリア王国とノルアーニ王国の友好関係継続を！　あと、姉のイザベラに寛大な処置を、お願いします！」

「前者は前向きに考えておこう！　だが、後者は無理だの……！　それはお主の姉自身の問題だからな！」

ううう、当たり前のことですが姉の件は駄目でしたか。

ですが、両国の関係悪化は防げそうということで一歩前進ですよね？

イザベラお姉様が謝罪をしやすい環境になったと思いますし。

そういえば、アルヴィン様ってどうなったのでしょうか……。

◆〈アルヴィン視点（少し時は遡る）〉

ったく、なんでまた僕がこんなところに来なくちゃあならないんだ。

ライラなんてクレイジーな王女に人間の話なんて通じるはずがない。

あいつ、僕との婚約が決まったとき耳元で何を囁《ささや》いたか知ってるか？　「浮気をしたら殺す」だからな。

一国の王子に対して言うセリフか？　どう考えてもおかしいだろ。

僕はまだ遊びたい年齢なんだ。それを見越したかのように、異国の婚約者に対してそういう態度、良くないと思ったよ。

そりゃ、ナルトリアは大きな国だ。ノルアーニ王国も資源を輸入したり、外貨を稼がせてもらったり、世話になっている。

だからといって、王女といえども女の癖に大きな態度をとるって間違っているだろう。

あの日のイザベラは可愛かった。

涙目になって、弱気な部分を見せられるとそりゃあ男は誰だってグラッとする。

キスくらい許せよ。子供じゃないんだから。

たかがキスしたくらいで何でまた僕がわざわざ謝罪などしなくてはならんのか、本当に理解出来ん。

そういうのって、フェルナンドで良くないか？

辺境伯ってそういう仕事だろ？　謝罪全般を請け負うみたいな。

僕本人が出なくても良いように上手くやってくれよ。

ああーーーー！　嫌だ、嫌だ、嫌だ、嫌だ、嫌だーーーーっ！

とにかく、だ。僕はなるべく喋《しゃべ》らない方向で、フェルナンドに任せよう。

いざとなったら、二人でシルヴィアという盗人女を責めるのだ。

「では、フェルナンド殿とシルヴィア殿は、こちらにお願いします」

「はぁ⁉　ちょっと待てよ！　フェルナンドたちを何処《どこ》に連れて行く気だ⁉」

「安心しろ。ちょっと軟禁しておくだけだ。貴様と二人きりで話がしたかったからな……！」

「ひぃぃぃぃぃぃ！」

気付けば、フェルナンドとシルヴィアは兵士にどこかに連れられて行っていた。

嘘だろう？　そ、そんなことってあるのか？

まさか、この凶暴な獣みたいな女と一対一で話し合わんとならないのか……？　じょ、冗談はやめてくれ、本当に殺される。

「そんなに怯えるなよ、アルヴィン。私とて、むやみな争いごとは好まんのだ」

「う、嘘をつくな！　剥《む》き出しのサーベル片手に言うセリフじゃあないぞ！」

「別にこれくらい構わんだろう？　女としてここまで恥をかかされたんだ。貴様と心中する準備くらいしていても」

「うひぃ⁉」

この女、本当にヤバい。

サーベルを自らの首に当てて、そして今度は僕の首に切っ先で触れ……、吐息が当たるくらい顔を近付けてきやがった。

——怖すぎる。

畜生！　初めて会ったときは絶世の美女と結婚出来ると浮かれていて、婚約することを全く躊躇《ためら》わなかったことが悔やまれる。

あの日の僕を殴ってやりたいよ。本当に。

「ま、待ってくれ！　待ってくれ、ライラ！　ぼ、僕は君を愛している！　世界の誰よりも愛しているんだ！　ただ、あれには事情があってだな。シルヴィアっていただろ？　イザベラの妹だ……！　あの女が悪い女で、姉の婚約者であるフェルナンドを非道な手段で奪ったのだ。あの女は手癖が悪いと有名でな――」

僕は生きるために、人生で一番饒舌《じょうぜつ》になった。

そもそも、本当にシルヴィアという女が全部悪い。

あの日、イザベラは泣いていた。「妹に婚約者を奪われた」と言って、悲しそうな顔をしていたんだ。

それさえなければ、僕はイザベラには手を出していないし、万事平和な生活だったはずなのである。

「ふむ。事情は分かった。だからといって、許せるものではない。イザベラも含めて、な」

「うっ……」

「だが、シルヴィアという女が貴様が言うように本当に酷い女なのかどうかは確かめてやる」

よっしゃーーーーっ！

話を逸《そ》らすことに成功したぞーーーー！

シルヴィアはバカだから、きっと姉を盾にして自己弁護しかしないだろう。

それこそが、ライラの一番嫌いなことなのだ。

怒りがシルヴィアに向ければ、僕の件は有耶無耶《うやむや》になるかもしれん。

よしっ！　頑張って、逃げ切るぞ！

だが、その翌日に僕はとんでもないことを聞かされる。

「意外な話だが朗報だ。イザベラもこちらに来ると連絡が入った。詳しい事情は知らんが。貴様とイザベラ、二人にはじっくりと話を聞かせてもらうから覚悟しろよ」

「はぁ？　何でイザベラが？」

何故だーーーっ！

何で、イザベラもこっちに来る話になっているんだーーー!?　だってあいつは投獄されているはずだろう。

訳が分からん。一体ノルアーニ王国で何が起こったというのだ。

◆〈イザベラ視点（時はさらに遡る）〉

なんで、このわたくしがこのような狭くて臭いところに閉じ込められねばなりませんの。ちょっとシルヴィアを威嚇しただけではありませんか。

こうなったのは、全部、あのシルヴィアのせいです。

あの得意満面の顔、今思い出してもムカムカしますわ。

いつも、あの子は平然とした顔でわたくしのプライドを踏みにじるのです。

昔なんて子犬みたいに鬱陶しくつきまとってくるから、迷惑以外の何ものでもありませんでした。

いつもヘラヘラ、ニコニコして、難しい課題も涼しい顔して乗り越えて。わたくしが誰よりも早く修得しようと努力して、一週間という驚異的なスピードでマスターした高等魔法も、あの子はたったの半日で覚えてしまい、あのムカつく得意顔を見せましたね……。

そして、極めつけはわたくしよりも上だということを常に誇示するために再生魔法とやらで直したわたくしの衣服を着てみせるようなことを始めたことです。

自分は大賢者と呼ばれた祖父のような天才で、わたくしは再生魔法など使えぬ凡人だと、妹の分際でわたくしを見下す態度を取り始めたことは許せません。

シルヴィアのムカつく態度を挙げればキリがありませんが、とにかくあの子のせいでわたくしの人生がめちゃめちゃになりました。

アルヴィン様もアルヴィン様ですわ。

わたくしのことを守ると調子の良いことを仰って、独房行きって何の冗談ですの？

あのとき、何度も甘い言葉を耳元で囁いて情熱的にキスしたのに、わたくしのことをこんなにも蔑《ないがし》ろにするなんて、馬鹿にしているのでしょうか？

最も優先すべきでしょうが。わたくしをこんな汚くて冷たいところから出そうとするのは。

「イザベラ・ノーマン。フェルナンド様が面会に訪れた。こっちに来い……！」

フェルナンド様がわたくしと面会に……？

まさか、フェルナンド様は婚約者だったわたくしのことを愛していたのでしょうか。それで、わたくしのことを助けに？

シルヴィアなんかと婚約し直したから趣味の悪い男かと思っていましたが。

ま、まぁ、顔だけはそこそこ良いですし、どうしてもと言うのなら助けられてあげてもよろしいですよ。

シルヴィアと別れるのなら、少しくらい気のある仕草をして差し上げても。

「ライラ殿下に謝りに行く。アルヴィン殿下と共にな」

あ、そうですか。

勝手にしてください。そんなことでわざわざ、このわたくしに報告など要りませんのに。

嫌がらせですの？　期待を持たせて、それを落とすなんて。

「それはそれは、どうでも良いご報告ありがとうございます。ライラ様に伝えておいてくださいな。真に愛する者が泣いているときに、それを無視することが正義か否か。そして、真の悪は姉の婚約者を奪い取る非道な女ではないのかと」

まったく、たかがキスくらいで大騒ぎしすぎなのですよ。

大体、ライラ様に魅力がないから、アルヴィン様が簡単にわたくしの唇を奪ったのでしょう。

その事実から目を逸らして、こちらを過剰に攻撃するなんて、下品な王女様もいたものですわ。

「君は一時的な気の迷いから善悪の判断がつかなかったことにする。それでいいだろう？」

この方もエラソーなことを言うようになりましたね。

辺境伯の立場を継いでから、より鼻につく態度が目立つようになりました。

しかし、こんなところでいつまでも暮らしていられません。

ここは不本意ですが、言うことを素直に聞きますか。

「分かりました。言うことを聞いてさしあげます。……せいぜい、わたくしが許されるように話をつけてください」

謝りに行くなら、きちんと話をつけてもらいたいものですね。

あのシルヴィアはせせら笑いながら呑気に田舎でゴロゴロして待っているのでしょう。わたくしが厳罰に処せられればよいと願いながら。

ああ、想像するだけで腹が立ちますわ……。

「ああ、シルヴィアが気合を入れていたよ。お前が許してもらえるように頑張るってな。彼女も私に同行してナルトリア王国に行くこととなった」

「はぁあああああああっ⁉」

し、シルヴィアがわたくしの免罪を乞うためにナルトリア王国に向かうですって？

一体どうして？　あの子のせいでわたくしがこうなっているのに。これじゃあまるでわたくしのことを……。

いいえ、そんなはずがありません。そんなお人好し、ただのバカではありませんか。

――点数稼ぎね。

そうよ。間違いないですわ。

あの子、陛下やフェルナンド様に良い人のフリがしたいから、そんなことを言い出したのよ。

上手くいったら自分の手柄、失敗しても割を食うのはわたくし。必勝じゃないですか……。

なんて、悪辣《あくらつ》なことを考えるのでしょう。

このままだと、あの子ばかり得することになってしまいます。

腹立たしいですわね。あんな子に謝らせるくらいなら、わたくしが謝った方がよっぽどマシです……。

「じゃあ、行ってくる」

そんな言葉を残してフェルナンド様はアルヴィン様とシルヴィアと共に謝りに行ってしまわれました。


それから数時間、わたくしはイライラしっぱなしです。

あのシルヴィアが点数稼ぎにわたくしを利用しているという事実に腹が立って仕方がありませんでしたから。

牢獄の外からは看守たちの無遠慮な声が聞こえてきました。

「しかし、ライラ殿下はアルヴィン殿下を許してくれるのだろうか」

「どうだろうな。裏切りに厳しい御方らしいから。もしかして、アルヴィン殿下を殺してしまうかもしれん」

「うへぇ～。そうなったら戦争じゃないか」

「まぁ、そうならんためにフェルナンド様が同行しているのだろうが」

なっ⁉　「アルヴィン様を殺す」ですって。看守たちの話し声を聞いてわたくしは耳を疑います。

ライラ様は嫉妬深いとは聞いていましたが、そんなに野蛮な方ですの？

た、大変です。アルヴィン様が殺されたら、わたくしがここから出られないではありませんか。しかも、あのシルヴィアが同行しているという事実が嫌な予感を際立たせます。

あの薄情な女は自分の命が危うくなると、きっとヘラヘラ笑いながらアルヴィン様を差し出して切り捨てるでしょう。

くっ、シルヴィアが向こうにいるってだけで、わたくしの運命はお先真っ暗ではありませんか……。

「あーあ、戦争になったら、ノーマン家のお嬢様も……」

「責任は取らされるだろうな。なんせ元凶なんだから」

「まったく馬鹿なことをしてくれた」

わ、わたくしの責任ですって。

好き勝手なことを言ってくれるじゃありませんか。でも、ライラ様がアルヴィン様を殺してしまったら……。

「ライラ王女を殺してしまったら良いではないか。イザベラよ……」

「えっ？　あ、あなた、あなたは誰ですか？」

「魔力を封じる手錠に、足枷《あしかせ》か……。不憫だな、力を封じられて動けぬというのは。壊してやろう。破壊魔法《ブレイク》！」

黒いフードを被ったルビーのように赤色に輝く瞳をした男は音もなく、独房に入ってきました。

そして私の魔力を封じていた手錠と足枷に触れると、一瞬で手錠も足枷も砕けてしまったのです。

破壊魔法は大賢者と言われたお祖父様しか使えないと言われた高等魔法。

この男は、何者なのでしょう？　ただならぬ魔力を感じますが……。

「イザベラよ、共にアルヴィン殿下を助けに行こうではないか。危機に晒《さら》されているアルヴィン殿下を助け出して、ノルアーニの英雄となるのだ。さすればお前の罪は許される」

低い声で英雄になれると囁く黒いフードの男。

アルヴィン様を助け出しに行くですって？　この男は一体何者なんですか？

そりゃあ、破壊魔法が使えればここからの脱出は容易でしょうが。

「どうやって、アルヴィン様を助け出すのですか？」

「くっくっくっ、それはもちろん、知れたこと。ライラ王女を殺すのだ」

「へぇ、ライラ様を暗殺。それで、わたくしを利用して。素敵なお話ですわね」

なるほど、全ての元凶であるライラ様を殺して、アルヴィン様を救出するという作戦ですか。

それでわたくしの力を借りたいと……。

さっきの手際を見る限り侵入などは楽に行えるでしょうね。

「お前も腹に据えかねているだろう。こんな目に遭わせたライラ王女が許せないのでは？　繰り返すが、彼女を殺して英雄になればお前の罪も晴れて無罪放免だ」

フードの男は囁き続けます。わたくしに味方になるように説得を。

このわたくしがイライラしているのを察しているのですね。

「ふふふ、ライラ様を殺せば無罪放免ですか。分かりました。ただ、一つだけ質問があるのですが――」

「何なりとご自由に」

「魔炎《フレア》ッ！」

「――っ⁉」

あらあら、外してしまいましたの。

ふーん。至近距離からの不意打ちを躱《かわ》しますか。

フードも燃えないところを見ると特殊な繊維で編み込まれているみたいですわね。

「わたくしをバカな女だと勘違いしていませんこと？　他国の王女を暗殺？　そんなことをして英雄など笑わせないでくださいな」

「ライラ王女を恨んでいないのか？」

「わたくしが恨んでいるのはシルヴィアただ一人。あの女以外はどうでもいいのです」

この方はわたくしがライラ様を恨んでいると思い込んでいたようですね。

会ったこともない方を恨めるはずがありません。

そりゃあ、面倒な方だとは思っていますが、殺すなど馬鹿馬鹿しい。

「騒がしいぞ！　な、なんだ⁉　これは⁉　イザベラ・ノーマン！　貴様、何をした⁉」

「ち、違いますわ！　あれは、フードの男が！」

「フードの男？　そんな者はいないではないか！」

騒ぎを聞きつけて、こっちに走って来られた看守の方々。

気付けば、黒フードの男は消えていました。

ど、どうしてそんなに怖い顔をしていますの？　わ、わたくし、脱獄なんてしようとしていませんわ！

そこからわたくしは弁明しました。それはもう屈辱的でしたが。

まったく、看守たちは馬鹿しかいませんの？

魔力を封じられて、足枷と手錠まで付けられて、牢獄を破壊することなど出来るはずがありません。


「――こんなことも分からないなんて、王宮の看守たちの常識を疑いますわ」

「カーテンの裏で接吻しとった奴が何を言うとるか！」

「お、お父様、それは、だって、アルヴィン様が……」

看守たちに呼ばれた憲兵たちが私を再び拘束して事情聴取。

途中で伯爵である父が訪れて、聴取に加わります。

嫌なことを言わないでくださいな。

シルエットで外から見えていたことは想定外なのですから。

このイザベラ・ノーマン、一生の不覚です。

「ノーマン伯爵、ご息女の話では、賊は赤い目をした〝破壊魔法〟の使い手。十中八九、あの男ではないのかと」

「黒魔術師ニック・ノルアーニ。国王陛下の弟君にして、国家反逆罪で大監獄に幽閉された男が脱獄したとでもいうのか――」

ニック・ノルアーニ？

ああ、いましたね……、そんな人も。

わたくしが幼い頃にこの国を乗っ取ろうとして、お祖父様に捕まったんでしたっけ。

で、危険人物ですが、王族の血を引いているからその血を穢《けが》すことになるという理由で死刑に出来ないと幽閉されていたとは聞き及んでいます。

「聞いていたよりも随分とお若い方でしたのね。そのニックさんとやら。私とさほど年齢が離れているように見えませんでしたが」

「――っ⁉」

「お、お前、犯人の顔を見たのか？」

わたくしがニックとやらの顔が若かったと話しますと、お父様は驚いてこちらの顔を覗き込みます。

そりゃあ、わたくしはあの気に入らない黒フードに向かって火球を放ちましたからね。顔くらいは見ていますよ。少々病的にも見えましたが、ギリギリ美男子と言っても良いのではありませんか。

「ええ、見ましたよ。好みのタイプではありませんでしたが」

「馬鹿者！　そんなことはどうでもいい！　ニックは陛下と一つ違いだ。その話が本当なら若返っていたことになる！」

「まさか、再生魔法を？　いや、あれは人間には使えないはず……」

何を言っているのかまったく分かりません。

確かにニックという人物、わたくしが幼少の頃に国家転覆を企んでいたのだとしたら、年齢的におかしなことになりそうですね。

若返る魔法ですか。そんなのお祖父様もあの生意気なシルヴィアも使えなかった気がしますが。

「とにかく、だ。ニックがライラ殿下の命を狙っているのならば、その目的は一つだ。ナルトリアを刺激して、このノルアーニ王国に戦争を仕掛けさせること」

「ふーん。あの、黒フードの男はそんな大層なことを考えていましたの。で、わたくしにその片棒を担がせようとしたと。バカにしていますわね」

「お前のことをバカだと思っていたのは間違いあるまい。それに自分を捕まえた恨みがある父上の孫娘だからな。お前は」

なるほど。そういうことでしたか。

お祖父様に捕まった恨みがあるので、わたくしを利用して濡《ぬ》れ衣《ぎぬ》を着せようとした。

やっぱり腹が立ちますわね。ちょっとキスしただけで、ここまでバカにされますか。

「至急、陛下に伝えてナルトリアに援軍を出しましょう」

「うむ。ワシが伝えに行こう……！」

「その必要はない！」

「「へ、陛下⁉」」

おや、国王陛下自らがこのようなところに足を運ばれるなんて。

どうやらニックという者が現れたのは余程の事態みたいです。

「イザベラよ、ニックの顔を見たというのは本当か？」

「ニックという方かどうか分かりませんが、黒フードの男性の顔は見ましたわ」

「うむ。ならば、お前に最後のチャンスをやろう。ライラ殿下の命をその男を捕まえることに協力することで守りきり、彼女に誠意を持って謝罪するのだ」

「「――っ⁉」」

まさか陛下がそのようなことを仰るなんて。本当に緊急事態なのですね。

普通ならこんな特例は出しませんから。

でも、まぁ。チャンスですわね。こんな辛気臭いところから出るための。

「へ、陛下！　娘に寛大な措置を取ってくださることには感謝しますが、イザベラは――」

「分かっておる。だから、ラストチャンスだ。何かやらかしたとき、お前の命はないと忘れるなよ」

国王陛下はわたくしに汚名返上のチャンスを与えてくださいました。

本当は面倒なことはやりたくありませんが、あの牢獄に戻るよりはマシですね。

選択する余地はありません。ここは陛下の言うことを聞きましょう。

「……もちろんですわ。陛下の仰るとおりライラ殿下はお守りしましょう」

「ついでにシルヴィアにも謝りなさい。あの子にも危険が迫っているのだから、きちんと情報は伝えておくのだぞ」

誰がシルヴィアに謝るものですか。バカバカしい。

しかしながら、ライラ様には取り入る必要性はあります。わたくしもここに戻るのは本意ではありませんので。

ナルトリア王国ですか。異国に赴くのは初めてですわ……。

◆

「あーあ、ナルトリアは田舎を越えて行かなくてはならないのですよね。虫とか嫌なんですけど」

「お前！　何を今さら言うとるか！　本当に反省しとるんか⁉」

お父様、最近うるさいですわね。

いつもわたくしの味方で、頼み込めば何でもしてくれましたのに。

牢屋に入れられたわたくしを助けてはくれず、怒ってくるだけでした。

ま、ライラ様を殺そうとしている者の顔を見たのがわたくしだけですから、行けと言われれば仕方ありませんが、謝罪とか面倒です。

「もちろん、わたくし海よりも深く反省していますわ。……それより、お父様。その荷物は……」

「ワシも謝りに行くに決まっておるだろう。やらかしたお前の父親なのだからな」

なんとお父様も付いてくるみたいです。それは何とも頼もしいことですわ。

わたくしを見張るつもりですかねぇ……。信用がないみたいですし。

心配しなくても大丈夫ですよ。わたくし、きちんと謝りますから。

「陛下がくださった最後のチャンスだ。お前、ノーマン家がどれだけ優遇されとるのか分かっているのか？　普通ならお前のやらかしだけでワシの爵位など吹き飛んどるんだぞ」

またそのお話ですか。

アーヴァイン・ノーマン。つまり、わたくしのお祖父様が国家的英雄であるからこそ、ノーマン家は特別な扱いを受けているという話を何回聞かされたか分かりませんわ。

牢屋に入れられて、どこが優遇なんですか？　意味不明です。

「我が父、アーヴァイン・ノーマンの功績をお前が台無しにしたのだ。お前は死んだ妻によく似ていたから、甘やかしたワシにも無論責任がある。ノーマン家の名誉を回復させるために命を懸けるぞ。イザベラ……！」

「ええ、もちろんですわ。わたくし、改心しました。お祖父様の名を穢した償いが出来るのなら命を惜しみません」

「うむ。ならば、よい」

大袈裟ですわね。

命なんて惜しむに決まっているでしょう。

わたくしの人生ですよ。王女殿下の癇癪《かんしゃく》なんかで潰されてなるものですか。


それから数日後、わたくしたちはナルトリア王国の領土に足を踏み入れました。

やっぱり虫が多かったではないですか。それに虫みたいな魔物もいっぱい出てきましたし。

お父様が無理やり戦えと強制するから野蛮な戦闘にも巻き込まれて、散々な目に遭いましたわ。

「ナルトリア国王、レオンハルト陛下には既に話は伝わっとる。シルヴィアやフェルナンド殿、そしてアルヴィン殿下がどうしておるのかは分からんが」

「殺されていなければ御の字ではないでしょうか？　なんせライラ様は気性が荒いと聞きましたわ」

生きているのかどうかわたくしだって分かりません。

シルヴィアは死んでいても構いませんが生きているでしょう。しぶとい女ですから。

「馬鹿を言うな。そんなこといきなりするはずがないだろう」

「どうでしょうかねぇ。ほら、やって来ましたわよ。わたくしに対して随分とお怒りの様子でお出迎えしてくれるみたいです」

ザッと数えたところ百人でしょうか。

気まぐれに王都を歩きたいと馬車から降りてみましたが、真正面から兵士たちを引き連れて馬に乗っている赤毛の王女様が見えます。

――どうやら、噂どおりの方みたいですね。

キスをしたとか、しないとか、で殺し合いどころか国際問題まで発展するなど実に下らない。

非常に不本意で仕方ありませんが謝っておきましょう。

「貴様がイザベラ・ノーマンか⁉」

「お初にお目にかかります、わたくしがノーマン家の長女、イザベラでございます」

全てを射殺さんとするような視線を向けてライラ様がわたくしに名前を尋ねましたので、お答えします。

噂どおり覇気のある御方です。しかし、わたくしにかかれば取り入ることなど簡単ですわ。

「予想以上に早い到着だったな。誠意を見せるためか？」

「もちろんですわ。ライラ様を傷付けたことを深く反省しておりますの」

「嘘だな――！」

「――っ⁉」

な、なんですの？　いきなりなんですか？

いきなり腰のサーベルを首に……⁉

まさか、わたくしの言葉から嘘を感じ取ったとでも言いますの？

それでいきなり、こんな乱暴なことってありますか。なんて野蛮なのでしょう。親の顔が見てみたいです。

「知っておくがいい。お前の謝罪相手は嘘が嫌いだ」

嘘が嫌いだと、そう来ましたか。建前は要らないとでも言いたげですね。

まぁ、嘘が好きな方を探す方が難しいですから。わたくしの形だけの言葉に腹が立つのは理解出来なくもありませんが。

首元のサーベル、なかなかの業物《わざもの》ですわね。

一突きすれば、わたくしを殺せる。そう言いたげな感じに見えます。

「これは、これは手厳しいですわね。わたくしが誠意を持ってここに来たことには何の嘘偽りはないと言いますのに」

「…………」

「ライラ殿下が窮地という情報を手に入れましたので、わたくしはここに馳《は》せ参じたのでございます。もちろん、すぐにでも謝罪に、とは思っていました。しかし、拘束されていましたので、すぐには動けず……」

とはいえ、このくらいの脅しで主張を変えるほどわたくしも弱くありません。

私の本心が嘘か本当か、など確かめることは出来ないのですから。

この方も一応は王族。

こんなところで他国の貴族を切り伏せるなどしないでしょう。

わたくしはスキを見せずにゆるりとこの方に謝罪する態度を見せれば良いのです。

「食えない女だ！　謝罪に来るぐらいなら何故アルヴィンと接吻などしたのだ？　私のことを蔑ろにしたからだろう⁉」

さぁ、何故でしょう。

バレないと思ったからですかね。

あとはアルヴィン様が簡単にわたくしを守ることを放棄したヘタレだって知らなかったからかもしれません。

まったく、アルヴィン様ったら。こんな女、さっさと切り捨てるくらいの度量を見せるかと思ったからこそ、身を委《ゆだ》ねたのに。

まさか簡単に屈してしまわれるとは……。

「あのときのわたくしは婚約破棄されたばかりで意気消沈していましたので。そんなときにアルヴィン様がお優しい言葉をかけてくれましたの。わたくし、泣いてしまっていて、その瞬間に唇を奪われたので、抵抗出来ませんでした。軽率なことをしたと思っております。どのような処分も受ける覚悟はしているつもりです」

本当に貧乏くじを引きましたわ。

アルヴィン様みたいな男、王子だとしても願い下げですから。

あのときは辺境伯よりも格上の男なら何でもモノにしてやろうという意気込みもあったのですが……。

やっぱり全部シルヴィアのせいですわ。わたくしがこんな目に遭っているのは。

「ほう、どんな処分でも受ける心構えなのだな？」

「もちろんです。その覚悟がなくて、どうして謝罪に来ることが出来るでしょう？」

はぁ……、こんなにもキチンと謝罪をしているのですから、許しなさいよ。

わたくしだって、あんな王子のことはもう未練なんかないのですから。

それともなんですか？　死刑にされますか？

あなたを殺そうとしている方の顔を見た唯一の人物なんですよ。

さすがにそこまでの馬鹿ではないと思いますけど。

「執行猶予だ。イザベラ・ノーマンよ、私の護衛にしてやろう。噂の暗殺者など怖くはないし、本当にいるのか怪しいものだが、貴様の手で私を守ってみよ」

ふん。面倒なことを言いますね。

護衛なんて汗臭いことをせねばならないなんて。もちろん、守って差し上げるつもりですよ。

あのとき、このわたくしを見縊《みくび》って仲間にしようとしてきた身の程知らずには、少々プライドを傷付けられました。

それくらいで良いのなら、王女様のご機嫌取りくらい甘んじて受けて差し上げますか。

「敬愛するライラ様の護衛になれるなど、身に余る光栄ですわ。ライラ様のお命を守るために命を賭して、責務を果たしましょう。わたくしの誠意をご覧ください」

　さっさと終わらせてノルアーニに帰りましょう。

　チョロい王女様で良かったですわ。

　せっかくナルトリア王国に来たのに観光も出来ないのは残念ですが。

「そうそう、もう既に貴様の妹であるシルヴィア・ノーマンには護衛になってもらっていてな。貴様はシルヴィアの下につけ。あの女、辺境の聖女などと呼ばれているだけあって能力はあるからな」

「はぁ⁉　わ、わたくしが、シルヴィアの下に⁉」

　意味が分かりませんわ。シルヴィアの下につくなど屈辱でしかありません。

　まさか、この女。わたくしがシルヴィアに対して抱いている感情を知っていて……。

　まったくもって、躾《しつけ》がなっていないお姫様です。その高慢な鼻をへし折ってしまいたいですわ。

「イザベラ、最後のチャンスだぞ」

「分かっています」

　我慢です。我慢するのです。

　ここで騒ぎを起こしたらわたくしは死罪。シルヴィアの下につくというのは納得出来ませんが、考えないようにしましょう。

第三章 ✦ 暗躍する影

「きゅ、きゅーん」

「くすぐったいですよ。ルルリア」

戯れるルルリアの相手をしながら、私はあることについてずっと考えていました。

それはお姉様とお父様がこちらに到着して、ライラ様と既に接触されたということについてです。

二人がこちらに向かって来ているということはもちろん先に聞いていました。

ライラ様の暗殺を企む男がノルアーニ王国に現れたらしいということで、彼女を守りに来るということも。

どうやらその犯人とやらがノルアーニ国王陛下の弟ニック・ノルアーニらしいのです。

ニックの悪名はノルアーニ王国の者なら知らぬ者はいません。

闇に染まった魔術師で、かつてノルアーニ王国の乗っ取りを企み、お祖父様が捕まえることで事なきを得たという極悪人です。

そのニックがイザベラお姉様にライラ様の暗殺を手助けするように唆《そそのか》したみたいでしたが、お姉様は当然その誘いを拒否。

謝罪をすることに加えて、念のためにそのことを伝えにお姉様とお父様はこちらにやって来たとのことでした。

ニックの狙いはナルトリアを刺激して戦争を起こさせることだと読んでいるみたいですが。

何やら状況が変わりすぎて飲み込めません。ですから、私はルルリアと戯れながら頭を悩ませているのです。

「しかし、イザベラお姉様の勧誘に失敗したのなら、ニックはライラ様の暗殺を諦めるのではありませんか？　ナルトリアを刺激するのが目的なら他の王族の方を狙っても良いでしょうし」

「うん。もちろん、シルヴィアの言うとおりの可能性もあるよ。でも、私はだからこそライラ殿下を狙う可能性が高いように思える」

「えっ？　どうしてですか？」

私はイザベラお姉様を勧誘出来なかったニックが騒ぎを本気で起こそうとするならば、ライラ様をわざわざ狙わないと思ったのですが、フェルナンド様の考えは逆みたいです。

不思議です。イザベラお姉様から暗殺計画が漏れたのに強行するなんてリスクが高いと思いますが……。

「我々、ノルアーニ王国の人間がライラ殿下の暗殺計画を知ってしまったんだ。知っていて、それを阻止出来ないって面子丸つぶれだろ？　ナルトリアとしては、ノルアーニ王族のゴタゴタに巻き込まれただけじゃなく、こっちの過失も責めることが出来るわけだ」

「うーん。陰湿な考えですねー」

うわぁ、嫌な感じです。そんなこと考えもしませんでした。

本当にトラブルを起こしたいだけの人の発想ですね。

お祖父様にもっと懲らしめられれば良かったのに。

「それより、私が心配してるのは――」

「……ったく、何でわたくしがシルヴィアと」

「フェルナンド殿、シルヴィア、大丈夫か？　何かトラブルはこっちで起きてないか？」

イザベラお姉様とお父様が合流しました。お姉様は相変わらず、わたくしのことを恨んでいるのか嫌な顔をして睨んできます。

この前は全然話せずに攻撃されてしまいましたから、今日はちゃんと話しませんと。

私の心配はお姉様と上手く連携出来るのか、ということです。ライラ様が彼女を護衛するに当たって、イザベラお姉様に私の下につくように命じたらしいのです。

私はついさっき、それを聞いて泣きそうになりました。なんでわざわざイザベラお姉様のプライドを傷付けるような真似をするのかと。

お姉様は絶対に拗《す》ねているに違いありません。でも、とりあえず何かしら話しかけなくては……。

「お姉様、ごめんなさい。ライラ様に何とかお許しを貰おうと色々と頑張ったのですが、結果が振るわず」

「わたくしをダシにして、点数稼ぎだけした癖に……！」

「こら、イザベラ！　何を言うとるか！」

「へっ？」

　私が謝るといきなり点数稼ぎとか身に覚えのないことを言ってくるイザベラお姉様。

　いや、本当に点数稼ぎ？　どういうことなのでしょう。

「再生魔法をひけらかして！　国宝だか、宝剣だか、知らないけど、それを直して！　聖女とか呼ばれて調子に乗って！　自分だけ褒められて、点数稼ぎしたんでしょ⁉」

「い、いや、ライラ様や陛下が喜んでくれたらお姉様が、そのう、助けてもらえると思って」

「嘘を言いなさい！　わたくしのことなんて、わたくしのことなんて！　どうでもいいって思っている癖に！」

　イザベラお姉様は再生魔法で色々と直したことが気に食わないと言います。

　私はただ、みんなに喜んでもらえたら和むというか、いい雰囲気が作れると思っただけなのですが……。

「そ、そんなことないです！　私はイザベラお姉様が許してもらえればと思って動いてました！」

「シルヴィア、あなたはいつもそうやって――」

「いい加減にしろ！」

「お、お父様……！」

　ヒートアップしたお姉様をお父様は大声を出して止めてくれました。

お姉様、こんなにも余裕がなくなっているなんて……。

やはり、私がお姉様のプライドを変に刺激しているのでしょうか。

どうしたら元通り昔みたいに仲良くなれるのか、絶望的になりました。

「きゅ、きゅーん。きゅ、きゅん」

「ルルリア、大人しくしていてください」

いきなりの険悪なムードです。ルルリアも居辛くなったのか私の腕の中からジタバタして出ようとします。ニックがどこに潜んでいるのか分かりませんので、側にいてほしいのですが。

「私、どうしたらいいんでしょう」

「シルヴィア、今は諦めるんだ。ライラ様の命をお守りすることだけに集中しよう」

フェルナンド様は私の肩を抱いて、今は姉妹関係を改善することを諦めるようにと言われました。

彼に触れられると安心します。一人で悩んでいないような気がするのです。

そうですね。ここでお姉様との関係をさらに悪化させて守れるものも守れなかったら目も当てられません。

「イザベラ、お前はナルトリア王国に謝罪に来た身だろう。これ以上、騒いでライラ殿下の護衛もおぼつかない状況になってみろ。責任は取れんぞ」

「分かっていますわ。聖女とか呼ばれて調子に乗っている妹にちょっと文句を言っただけではありませんか。大袈裟ですわね」

イザベラお姉様はお父様の言葉を受けて、プイッとそっぽを向いてしまわれました。

お姉様は、お姉様で、今度何かをやらかせば本当に処刑される可能性があることを承知しているでしょうし、変なことはしないでしょう。それは信じています。

「ノルアーニから国王陛下の命を受けてここに来た私たちは、これよりライラ様の護衛として暗殺者捕獲のために動く」

「黒魔術師ニックは非常に殺傷能力の高い魔術を使う危険な存在だ。ワシらノーマン家の人間は魔法で対抗出来るが、他の者は深追いするな。あくまでも、ライラ様の安全を最優先するのだ」

フェルナンド様とお父様の言葉を受けて、私たちノルアーニの人間もライラ様の護衛に加わることとなりました。

イザベラお姉様、また凄い表情でこちらを睨んでいますね……。

「では、イザベラよ。ライラ殿下に言われたとおり、シルヴィアの下につき……指示をきちんと聞くのだぞ」

「ちっ！」

「はぁ……」

ライラ様はきっとイザベラお姉様に軽い罰を与えているのですね。お姉様の苦々しそうな顔を見て私は確信しました。

ライラ様はイザベラお姉様と話しているうちに、彼女の高いプライドがどうやったら傷付くのか知ったのでしょう。

お姉様は妹の下の立場など甘受出来るわけではないのですから。

「あ、あのう。お姉様、ライラ様に何と言われようとも、私はお姉様のことを――」

「良いですわ。好きに使えばよろしいではありませんか。お茶でも注ぎましょうか？」

「いえ、そんなこと」

「あら、また良い子ちゃんぶるのですか？　シルヴィア様は天才で優等生ですからねー」

そうきましたか。前からこういう言い回しをされることはありました。

普通に考えると挑発なのでしょう。でも、私はずっとそうは感じてませんでした。

何故かお姉様がこういう態度をとっても可愛いとしか思えない私がやはり駄目なのでしょうね
……。

いつも冗談だと流していたからいつの間にか本気で嫌われていたのでしょう。

「お姉様、いい加減にしてください。今はこんなことをしている場合ではないです」

「ようやく命令してくれましたね。あなたが上司ですから、従いますわよ。それで満足ですか？

満足ですよね？」

そう言いつつ、怒りの形相で右手に魔力を集中するイザベラお姉様。

まったく、お姉様ったら。こんなときでも、こんなことを。

私も左手に魔力を集中して高めます。

「まさか、シルヴィア様とイザベラ様、こんなところで姉妹喧嘩をするおつもりでは――」

「『魔氷《ブリザード》ッ！』」

私とイザベラお姉様が同時に放った氷魔法。

それらは、城に飾られていた大きなツボに直撃して――。

「この方がニックさんですか？」

「いえ、赤い瞳でもないですし、不細工ですから別人でしょう。恐らく彼に雇われたサポート役……」

「「…………」」

私とイザベラお姉様はツボの中で氷漬けになっている男の人を観察して、ニックではないことを確認します。

本命ではありませんが、怪しい侵入者はもう城内に入ってきているみたいですね。

とりあえず、再生魔法で凍ったツボを元に戻して氷漬けになった怪しい侵入者を拘束しましょう。

◆

「思ったよりも仕事が早いな。それが噂のニックとやらか？」

「いえ、残念ながらニックの手先みたいです。彼は赤い目をしているみたいですので」

「ふむ、そうか。ならば尋問はこちらに任せよ。お前たちは引き続き、賊を探し出すのだ」

ライラ様に私たちは捕らえた男を差し出しました。

彼女はその男がニックなのかと質問をしてフェルナンド様がそれを否定すると興味なさそうな顔をされます。

　王宮に賊が入ってきているのは結構由々しき事態だと思うのですが。そこのところはどうなんでしょう。

「あのう、ライラ様。この人が侵入してきているということは、他にも多数侵入者がいる可能性がある訳でして。警戒を強める必要があるかと」

　私は不安になって彼女に進言しました。

　何故か、ライラ様は危機感を持っていないんですよね。

　賊がいても平気というか、なんというか。

「シルヴィア・ノーマンよ。私には私の護衛がいるのだ。ナルトリア王族の直属の親衛隊がな。誰もが幼きときより戦闘の経験を積んだプロフェッショナル。当然だが貴様らよりも余程頼りになる。つまり心配は無用ということだ」

　私の質問を聞いてライラ様はそれを鼻で笑いました。

　彼女には戦闘のプロだという親衛隊が護衛についているので、そもそも私たちなどには期待していないみたいです。

「はぁ、それでは何故私たちを護衛に？」

「それは貴様らが責任を取りたいと言ったからだろう。チャンスを与えたのだ、汚名を返上するための。私の護衛と競わせて、どちらがニックとやらを捕まえられるのか勝負させることでな。

……父上は能力があり聖女だと称されているシルヴィア、貴様のことを高く評価していたし。余興だ、余興……！」

そ、そんなぁ。

ライラ様はまさか自分の命が狙われているのにゲーム感覚で余興とやらを楽しむおつもりなのですか。

変わった方だと聞いていましたが、こんなことを仰るなんて。

「では、わたくしたちが一歩リードということですわね。本命ではないにしろ、侵入者を先に捕まえたのですから」

「先に？　ふっ、見せてやれ……！」

「「――っ!?」」

イザベラお姉様のセリフを受けてライラ様が何かを命じますと、彼女の後ろから袋詰めになった人相の悪い方々が五人ほど私たちの前に投げ飛ばされてきました。

これって、もしかして、もしかしますよね……。

「侵入者なら私の護衛もこのとおり捕らえている。シルヴィアよ、貴様の魔術師としての技量は認めてやるが、これがプロフェッショナルの仕事だ。姉の名誉を挽回させたいのなら、せいぜい頑張るのだな」

「は、はい。姉と共に、必ずやライラ様をお守りします」

「……また良い子ちゃんぶって。そういうところが気に入らないのです」

私がライラ様の仰せになったことに返答するとお姉様は小声で私のこんなところが嫌いだと言いました。

　こんなところって、どんなところなのでしょう……。

「ライラ殿下のお遊びにも困ったものだ。ナルトリア王族は自己の力を誇示することで威信を保っているから、こういうことが好きなのだろうが」

　ライラ様の物言いには流石《さすが》のフェルナンド様も思うところがあったみたいです。

　珍しく困った顔をしていましたから。

　確かに変なことを仰るとは思いましたけど。

「大丈夫ですよ。要するに私たちは勝負なんて気にせずにライラ様を守ることに集中すれば良いのです。何を優先するのか、だけはブレずにいきましょう」

「……そうだな。私たちは何があってもライラ様を守る。それだけ考えればいい。シルヴィア、ありがとう。目が覚めたよ」

　私の顔をジッと見つめながらお礼を口にするフェルナンド様。そのきれいな琥珀色の瞳にはいつも見惚れてしまいます。

　そんな大層なことは言っていないのですが、助けになったなら嬉しいです。

「また点数稼ぎ～」

「イザベラ、黙りなさい。まったく、いつからそんな性根になったのだ……」

イザベラお姉様は不満そうな顔をしていますね。

お父様が言うように、以前は人前でこんなことをはっきり言うような人ではなかったのですが。

「この子にははっきり言わなきゃ通じないんですもの。あと、わたくしはライラ様を見返さなきゃ気が収まりませんわ。直属の護衛だか何だか知りませんが、こちらが上だと証明してみせます」

まとまりかけていたのですが、どうも不穏な空気がなくなりません。

ライラ様に何かあったら、お姉様が一番危険なのですよ。私は心配です。

「再生魔法《リ・ワインド》！」

私は再生魔法で壊した王宮の備品などを直します。

壊しても直せばいいや、みたいな考えで加減なく魔法を使うのは如何なものかと思ってはいるのですが、今は緊急事態ですから。多少の乱暴は許して頂きたいところです。

「やっぱり、目障りな魔法ですわね。自慢げに使っちゃって……」

「イザベラお姉様？　どうかされましたか？」

「……何でもありませんわ。大賢者の再来とか言われて調子に乗っているのでは？　と思っただけです」

プイッとそっぽを向くイザベラお姉様。

そんなにイライラさせることをしましたかね？

不機嫌なのは今に始まったことではありませんが。

◆

「賊もあれから十人ほど捕まえたが、全てハズレか」

「侵入者は思っていたよりもずっと多いみたいですね」

「ああ、ニックはどうしてもテロ行為を成功させたいらしい」

レイピアに付着した血をハンカチで拭いながらフェルナンド様はニックの思った以上の手駒の多さについて、そう評しました。

確かに私たちだけで、十人も捕まえたとなると親衛隊の方々はもっと多くの人数を捕まえていることでしょう。

そうなると、ニックの手下の数は下手をすれば百人近いのでは、とすら思えてきます。

フェルナンド様の剣術は今日も冴え渡っています。捕まえられた賊の数は三人。

彼の立場ですと本来は私たちに指示を出すだけで良いのですが、婚約者を戦わせて自分が安全なところでふんぞり返っていることが我慢出来ないとして、一緒にこうやって護衛の任務の前線に立っているのです。

ちなみにアルヴィン様は足手まといということで、王宮の一室に軟禁されています。

「きゅーん！　きゅーん！」

（ルルリアも悪者見つけたんだよー！　褒めてー！）

した。

「ルルリアも大活躍ですね。ありがとうございます」

さらに鼻が利いてテレパシーまで使えるルルリアは隠れている賊を見つけるのにうってつけで

彼女も賊を捕まえるのにかなり貢献してくれました。

「しかし王族直属の親衛隊はやはり凄いな。まったくスキがない。ああやってライラ様の前後左右を常に固めていれば、何者も近寄れないだろう」

フェルナンド様の仰るとおり、ライラ様の護衛はまさに完璧と言っても良いでしょう。

屈強な男性たちが常に彼女の周りをガードしており、全員が達人ですから小さな虫一匹、彼女の側には近寄れません。

今は王宮の花壇付近を捜索するようにと親衛隊に命じて、自らも中庭近くの渡り廊下からそれを眺めています。

「遠距離から魔法で暗殺を実行しようとすることも出来るが、ワシは見逃さんよ。魔力の波動を」

お父様も神経を集中して魔法を使う前兆みたいなものを探知しようとしています。

私も遠くから狙ってくると思っていますので、周囲に気を配っているのですが……。

「まぁ、わたくしが独房にいたときは下から来ましたけどね。破壊魔法で床に穴を空けて――」

「「――っ⁉」」

ちょっと待ってください。下からって、まさか。私たちがそれに気付いたときはもう、遅かったかもしれません。

その瞬間、ライラ様たちの歩いている渡り廊下の床が崩れ落ちました。

まさか、地面をずっと掘り進んで機を窺《うかが》っていた⁉

気付けば、私は風魔法を利用して宙に浮かびライラ様に手を伸ばす影に向かっていました。

「……ほう、お前がもう一人の孫娘か⁉」

「真っ赤な目⁉　まさか、あなたが⁉」

強烈な悪意と魔力を感じながら、私はかつてお祖父様が捕まえたという巨悪と対峙《たいじ》していました。

まるでこの世の全てを憎んでいるような、地獄の業火を映しているような赤い瞳。

年齢は確かに私とさほど変わらないように見えますが、見た目とは別の威圧感を放っています。

この方がライラ様を狙う賊のリーダーであるニックですか。

「足の裏から風魔法を噴射して一瞬で間合いを詰める。その常識外れの発想、あの男を彷彿《ほうふつ》とさせて古傷が疼《うず》く」

私に伸ばした彼の腕には大きな傷跡が残っていました。

まるで腕を切断した跡みたいな、凄惨な傷跡が。

まさか、お祖父様に腕を切り落とされたとか？　あり得ない話ではないと思いますが。

「この傷跡は敢えて残しておいたのだ。得意気な顔をして、この私を蹂躙《じゅうりん》した屈辱を忘れんために！」

真っ黒なドス黒い靄《もや》に包まれた掌底《しょうてい》が私を捉えようとします。

こんな術式は見たことがありません。

イザベラお姉様の話だと彼は破壊魔法を使っていたとのことです。おそらく、これが――。

「――っ⁉」

「お、おいっ！」

私は足をニックに向けて風魔法を噴射して方向転換します。

その際にライラ様を抱きかかえて、彼から距離を取りました。

まずはライラ様を危険人物から遠ざけることが先決です。

「フェルナンド様、ライラ様をよろしくお願いします」

「分かった。シルヴィア、くれぐれも無茶はしないでくれ。あの男の破壊魔法、危険すぎる」

「あ、ありがとう。助かった」

フェルナンド様とライラ様は驚愕した表情でニックを見ていました。

それも、そのはず。ライラ様が立っていた場所の後ろにある大理石の壁にぽっかりと大きな穴が空いておりましたから。

あんなものに触れてしまえば、人間など一瞬で消されるでしょう。

「まずは護衛対象の安全を確保ときたか。意外と冷静だな。シルヴィア・ノーマン」

フードを取ったその顔は黒髪の美男子と言える青年でした。

ルビーのような真っ赤な瞳は妖しく輝き、私を睨みつけます。

私と同い年かそれよりも若く見えますが、本当にこの人は国王陛下の弟なのですか。

若返りなんて、再生魔法でも無理なのですが……。

「きゅーん！　きゅ、きゅーん！」

（シルヴィア！　逃げて！　あいつ、危ないよ！　何か変だよ！）

（ルルリアは離れていてください。巻き添えにならないように）

人よりも異様な気配に敏感なルルリアは毛を逆立ててニックを威嚇しながら、私に逃げるようにアドバイスします。

この人が只者ではないことは分かっていますが、それなら尚更《なおさら》放って置くわけにはいきません。

「今、お前はこう思っただろう？　本当にノルアーニ国王の弟なのか、と。若返りなど再生魔法でも無理だ、と」

「――っ⁉　ど、どうしてそれを⁉　まさか、心を読む魔法まで」

「バカですわね。そんなの誰だって疑問に思うことですわ」

私が心の中のセリフを読まれたことに驚いていますと、イザベラお姉様が真顔で私のことをバカだと言います。

誰だって思いますか。そうですか……。

「だが、これは全て再生魔法の効果だ。……再生魔法は人間には使えないという要らない制約を解き放った、完全再生魔法とでも言うべき術式だがな」

「「――っ⁉」」

そ、そんなことって……、いや理屈では可能です。

再生魔法というのは古代人によって開発された高等魔法ですが、死者蘇生という神の禁忌に触れないためにリミッターを取り付けて敢えて不完全にした魔法。

もしも、そのリミッターさえ取り外すことが出来れば――あの男の言うような完全な再生魔法を使うことも可能なはずです。

「驚いているな。私はアーヴァインのそんな顔を見たかったのだが、死んでしまったのは仕方ない。怨敵《おんてき》の孫娘であるシルヴィア。今日はお前の顔で許してやる」

「……あの男、さっきからわたくしのことを蔑ろに」

「バカなことで張り合うでない。あの男が言ったことが正しいのなら、人智を超えた力を持っているということだ」

お父様は前に出ようとするイザベラお姉様を抑えています。

しかし、ニックは怖いことを言いますね。お祖父様への恨みを私にぶつけるなんて。面倒なことを言われます……。

「若い娘を嬲《なぶ》る趣味はないのだが、恨むなら、お前の祖父を恨めよ……！」

「岩巨人の鉄槌《ゴーレムハンド》ッ！」

「へぶっ――!?」

ニックのセリフが長いので彼の頭上から石で作られた巨人の拳を落としました。

なんか、自分に酔ったような感じを出すことに夢中でスキだらけでしたから。

岩巨人の鉄槌《ゴーレムハンド》によって叩かれたニックは全身を打ちつけて、大怪我を負っているはずです。殺してしまう訳にはいかないので、弱めに叩きましたが、それでも大怪我なのは間違いありません。

「はは、驚かせやがって」

「まったくだ。ライラ殿下の命を狙う愚か者、拘束させてもらう」

「んっ？　なんだ、この光は」

「治癒魔法なのでは？」

倒れているニックが青白い光によって包まれます。その様子をライラ様直属の護衛の方々がご覧になっていますが、治癒魔法ではありません。この光はよく知っています。それは――。

「行儀の悪い娘だな。だが、私はこのとおり完全再生魔法でどんな怪我を負ったとしてもすぐに元通りだ。たとえ、四肢を分断されてもな」

治癒魔法ではあり得ない速度で、汚れた衣服までも全て元通りに復活したニック。

うーん。この人を拘束するのってかなり難しい気がしますね……。

動きを止めないと拘束出来ませんし、閉じ込めようにも破壊魔法で壊されますし。

「さぁ、惨劇を始めよう。この国は混沌《こんとん》に――」

「岩巨人の鉄槌《ゴーレムハンド》ッ！」

「――っ⁉　二度も同じ手をくらうか！　破壊魔法《ブレイク》ッ！」

また長々と話そうとしたので、もう一回岩巨人の鉄槌《ゴーレムハンド》を放ちましたが、破壊魔法によって消されてしまいました。

やっぱり、攻撃魔法も破壊魔法で打ち消されてしまうみたいです。

つまり、破壊魔法は攻防一体、再生魔法は完全回復。

あれ？　捕まえるのなんて、無理ではありませんか？

「再生する間も与えずに殺せ！　ノルアーニ王族の血縁だかなんだか知らんが、拘束は諦めて、この場で処刑しろ！」

「「はっ！」」

ライラ様はいち早く、切り替えました。

そうですよね。自分の命を狙う危険人物が人智を超えた力を持っていたらその場で殺してしまおうってなるのは当然です。

死んだら流石に再生魔法は使えないでしょうし……。

「すまないが、こちら側のやり方でやるぞ。ノルアーニ側に配慮するつもりはない」

「致し方ないでしょう。ノルアーニ国王には私から事情は説明しますので、ご安心を」

ライラ様はフェルナンド様に今からニックを処刑する旨を伝えます。

フェルナンド様としてもどうにもならないと思っているのでしょう。

それを了承して見守ることにしたみたいです。

「で、お父様。わたくしたちはどうしますの？　焼き殺すのでしたら、いつでも準備は出来てましてよ」

イザベラお姉様の頭上には紅蓮《ぐれん》の炎が渦を巻いて燃え盛っています。

本来なら人に向けるような大きさではありません。

容赦ない感じですが、中途半端に攻撃するとこちらも命の危険がありますので正解でしょう。

「やむを得ないだろうが、お前は陽動に徹しなさい。ニックはワシが殺ろう。我が父、アーヴァインのやり残した仕事だ。ノーマン家の家長であるワシが決着をつける」

腕を捲《まく》ったお父様はお姉様にそう伝えます。

これは本気ですね。私たちに魔法を教えているときと同じ顔をしています。

ノーマン家は代々魔術師の家系。お父様も当然、幼いときから魔法の英才教育を受けています。しかも大賢者と呼ばれたお祖父様から。

「ノーマン伯爵、心意気は嬉しいが邪魔をしないでほしい。奴は私の部下が始末する。戦闘のプロに任せてほしい」

「恐れながら、ライラ殿下。ニックは規格外の魔術師。魔術師には魔術師の戦い方があります。魔法のプロの戦い方が」

「なんだと？　――っ⁉」

父がライラ様に反論した瞬間、ニックを取り囲んでいた護衛の方々が一斉に吹き飛ばされました。

猛烈な風が吹き荒れて、離れている私たちですら立っていられなくなるほどの威力。

「まずは一人目……！」

「し、しまった！」

倒れている護衛の一人に対してニックは漆黒に染まった右手をかざします。

破壊魔法で消し去るつもりなのでしょうが。

「さっきからスキだらけですわよ！」

「むっ⁉」

そのタイミングでお姉様が炎をニックに向けて放ち、彼は堪《たま》らずそれを破壊魔法で消し去ります。

しかしながらそれは陽動。お父様の指示どおりです。

「雷神の鎚《トールハンマー》――‼」

父は両手から渦巻く雷を放ちました。

ノーマン家に代々伝わる必殺の魔法。堅固な城壁すら粉々に打ち砕く、父の最大の切り札です。

破壊魔法ならば防御可能かもしれませんが、お姉様の放った炎を打ち消して体勢を崩していますから、これには流石のニックも対処出来ませんでした。

「シルヴィア、後で再生魔法で修復しなさい」

「は、はい……」

あまりの威力によって、ナルトリア王宮は大惨事というか、見事に瓦礫《がれき》の山が出来てしまったというか……。

とにかくお父様の雷神の鎚《トールハンマー》によって、ニックは倒されました。消えてしまったところを見ると、恐らく跡形もなく消し飛ばされてしまったのでしょう。

私やイザベラお姉様を制止して、お父様がニックを討とうとしたのは、私たちに業を背負わせたくなかったからかもしれません。

もちろん、お祖父様との因縁も関係あるでしょうけど。

「再生魔法《リ・ワインド》……！」

雷神の鎚《トールハンマー》によって壊された箇所を再生魔法で修復しました。

お父様も、私が直せるからって派手に壊したものです。

いえ、これだけ本気じゃなきゃニックを倒すことが出来なかったと考えるべきなのか。

「ライラ殿下、申し訳ありません。確実にあの男を仕留めるにはこうするしか……」

「いや、それでいい。私もニック・ノルアーニという魔術師を侮っていた。……雷神の鎚《トールハンマー》か。もしも、ノルアーニ王国と戦争になったら警戒せざるを得ないな」

「ご冗談は止めてください。そうならないために私は来たのです」

ライラ様が雷神の鎚《トールハンマー》を警戒して、戦争とか物騒なことを仰る。

確かに大砲などよりも強力な兵器かもしれませんが、あれは術者に負担がかかりすぎます。

長年、修行を積んだお父様でさえ、おそらく――。

「ううう っ、はぁ、はぁ、イザベラ……、シルヴィア……、ワシは少し休む。くれぐれも粗相のないようにな――」

ガクッと膝をついて、息を切らせるお父様。

そうなのです。雷神の鎚《トールハンマー》はそのあまりの威力の反動で術者の体力を著しく奪います。

下手をすると死の危険性も伴う、この魔術は私もイザベラお姉様も使用を禁じられていました。

「きゅん、きゅーん！」

（シルヴィアの父さん！　どうしたの⁉　大変だ！）

突然、お父様が動けなくなるほどの疲労を見せたのでルルリアは焦った様子で彼に近付きます。

彼女だけではありません。周りの方々も心配そうな顔をしてお父様の様子を見ていました。

「シルヴィア、これはどういうことだ？」

「ご覧のとおりです。ライラ様、父は生涯で雷神の鎚《トールハンマー》を使ったのはこれで三回目。師匠である祖父に見せたとき、私と姉に教えたとき、そして今回。軽々《けいけい》に使える魔術ではありませんので、ご安心ください」

「むっ……、そのようだな。手の空いている者はノーマン伯爵を医務室へ連れて行け。くれぐれも丁重に、だ」

その場で横たわるお父様を見て、ライラ様は兵士に命じてお父様を医務室へと連れて行くように命じました。

どのような覚悟で術を使ったのか、どうやら通じたみたいです。

「ひぃぃぃぃぃぃ‼　なんだ、これはーーーーっ‼」

「「――――っ⁉」」

そのときです。私が補修した壁のさらに奥の方から大声がしました。

その声の方を咄嗟に見ると、窓の奥で血塗《ちまみ》れで丸焦げのニックが青白い光に包まれて浮かび上がります。

そして、全身の汚れも消えたきれいな彼に戻ったのでした。

傷が癒えたニックはこちらを一瞥《いちべつ》するとニヤリと笑って、空高く舞い上がり見えなくなりました。

「あ、あれを受けて無事だったのか……」

「そんなバカな⁉　わたくしの陽動は完璧。お父様の雷神の鎚《トールハンマー》はタイミング的にも絶対に当たっていました。まともに受けて無事でいられるはずがありません」

これにはライラ様もイザベラお姉様も目を丸くしてニックの無事を確認します。

お姉様の仰るとおり、私も雷神の鎚《トールハンマー》が命中したところは見ていました。

避《よ》けていないのは確実。それならば、答えは明白です。

「耐えたということになりますね……」

「あんなのを人間が受けて耐えられるはずないでしょう！」

私はお姉様にニックが雷神の鎚《トールハンマー》に耐えきったのでは、と仮説を述べると、大声で否定しました。

「常に再生魔法を自らにかけ続けていたら、どうでしょう？」

「はぁ……？」

「傷付いた先から、時間を傷付く前に巻き戻していけば、理屈の上では無傷でいられますから」

再生魔法をかけっぱなしにしておけば、雷神の鎚《トールハンマー》が体を穿《うが》つ間も無傷でいられるかもしれないと、私は説明しました。

激痛には耐えなきゃならないと思いますけど。

「だが、あいつは黒焦げの血塗れだったんだぞ。無傷ではなかった……」

「再生魔法は魔力の消耗が激しい魔法です。完全再生魔法はリミッター解除という明らかに無理をしています。多分、魔力が尽きかけたのでは？」

それならば、ニックが元に戻ったにも関わらず退散した理由も説明がつきます。

彼はギリギリの魔力で復活したのです。

しかし、お父様が雷神の鎚《トールハンマー》を使っても仕留めきれませんでしたか。

これは、かなり面倒なことになりましたね……。

◆

「聖女様、ありがとうございます。おかげですっかり怪我が治りました」

「他に痛いところがあったら仰ってください」

医務室で私は傷付いた兵士を魔法で治療しました。

ついに、こちらの国でも普通に聖女と呼ばれるようになってしまいましたね。

もう、慣れるしかないのでしょうか……。

お父様は倒れてしまって、医務室のベッドで眠っています。

多大な魔力の使用による反動からくる疲労なので、私の治癒魔法も気休め程度にしかなりません。

魔力というものは毒なのです。自然界の摂理を歪める力。人体もまた自然の一部ですから、お父様は厄介な毒に冒されたも同様なのでした。

「まったく、年甲斐もなく頑張りすぎですわ。雷神の鎚《トールハンマー》は本来なら三日は魔力を瞑想して練らなくては放てない大魔法ですのに」

「それだけ危険な相手だとお父様は判断したのでしょう。破壊魔法はともかく、完全再生魔法は神をも冒涜《ぼうとく》する恐ろしい力です」

お父様は無理をしました。

ニックが思った以上の危険人物だと察したからでしょう。

死者蘇生をも可能とする完全再生魔法は放置するととんでもないことに悪用が可能なだけに……。

「……ですが、その雷神の鎚《トールハンマー》でもトドメは刺し損ねましたの。お父様の頑張りはまったくの無駄になりました。いえ、倒れてしまってはマイナスです」

「イザベラお姉様、言って良いことと悪いことがあるのはご存じです？　お父様は決して無駄なことなどしていません。ニックを撤退に追い込んだのですから」

お姉様は酷い言い回しをされます。お父様が力を振り絞って、ニックを追い払ったのですから。その功績を忘れてマイナスとはあまりにも失礼ではありませんか。しかも自分の父親に対して。

「撤退と言えば聞こえは良いですが、結果だけ見れば取り逃がしただけですわ。あんなの」

イザベラお姉様は私の反論を聞いても、その言葉を撤回しませんでした。

確かにニックは傷を癒やして消えましたので警戒は依然として必要ですが……。

「シルヴィア、イザベラ、ここに来て喧嘩はよせ。ノーマン伯爵の離脱は痛い。これから、どうするのか。建設的な話し合いをしなくては」

私とイザベラお姉様が険悪な雰囲気になると、フェルナンド様が仲裁に入ります。

いえ、別に喧嘩がしたいわけではないのですが、あまりにもな言い方をされたので。

「きゅーん……！」

（シルヴィア、喧嘩は良くないよ！）

ルルリアもフェルナンド様の声に合わせて私の肩で悲しそうな声を出します。

分かりました。私も大人になります。もう、イライラをぶつけるような真似はしません。

「これからどうするか、ですの？　あのニックとかいうナルシストを見つけ出して燃やし尽くすに決まっているではありませんか」

「随分と過激だな。怒っているのか？」

「当たり前です。あの男はノーマン家を嘲笑い、わたくしのプライドを踏みにじりましたから」

意外にもイザベラお姉様はメラメラと闘志を燃やしていました。

そこから感じられるのは彼女のプライドの高さ。プライドが傷付けられるのが余程お嫌いなんですね。

んっ？　プライドを傷付けられることが嫌い？

ちょっと待ってください。まさかお姉様が私を嫌っている理由というのは。

「も、もしかして、お姉様。私はお姉様のプライドを傷付けています？　だから私のことがお嫌いになられたのですか？」

「――っ⁉　……そういうところが嫌いなんですよ。ニックはわたくしが仕留めます。あなたは指を咥《くわ》えて見ていなさい」

私の質問にお姉様はちゃんと答えてくれませんでした。

そういえばイザベラお姉様って、ライラ様とどんな話をしたのでしょう。

許してはもらっていないと思いますが、思った以上に自由ですよね。

「フェルナンド！　アルヴィンのことについて聞きたい！」

そんなことを考えていると、ライラ様が駆け足で医務室に入ってきました。

アルヴィン様のことを聞きたいと仰っていますが、アルヴィン様本人に聞けばよろしいのでは？　いえ、あの狼狽《うろた》えようはライラ様らしくありません。

もしやアルヴィン様の身に何か起こったのでしょうか。

「どうしました？　ライラ殿下。アルヴィン殿下が何か？」

「アルヴィンが急に責任を取って自殺するとか言い出したのだ！　あの男は本気なのか⁉」

「――っ⁉」

な、何ということでしょう。私は思わず自分の耳を疑いました。

アルヴィン様が自殺ですって……？

そんなことをするような人だと思っていませんでしたが。意外とデリケートなのでしょうか。

フェルナンド様はどうお思いなのでしょうか。アルヴィン様とは幼馴染だったと聞きますが。

「百パーセント、あり得ません。ライラ殿下への点数稼ぎでしょう」

「フェルナンド様、そんなにはっきりと仰らなくても！」

あまりにも歯切れよく、アルヴィン様が自殺するふりをしていると断言しましたので、何だか彼が不憫になってきました。

しかしながら、彼との付き合いが長いフェルナンド様がそう仰るのですからそうなのでしょう。

「そ、そうか。そうだよ、な。自殺するふり——」

「ライラ殿下ーーーっ！　アルヴィン殿下がロープで首を——⁉」

「アルヴィン殿下が首を吊って亡くなってしまいました……！」

そんなバカな⁉

たった今、フェルナンド様がアルヴィン様の自殺を完全に否定したのに。

亡くなっていた、ということは既に脈が止まっているのは確認済みなのでしょう。

考えられない事態に、この場にいる皆さんが唖然としてしまいます。

「とにかく、殿下のもとに急ごう。シルヴィアの治癒魔法なら間に合うかもしれない」

「はい……！」

フェルナンド様は私の治癒魔法なら間に合うかもと仰せになりましたが、おそらく無理でしょう。

どんな治癒魔法も死者蘇生は出来ません。

完全再生魔法なら可能なのかもしれませんが、私の能力の範疇《はんちゅう》を超えています。

きっとフェルナンド様もそれは理解しているのでしょう。手が震えていましたから。

◆

「アルヴィン殿下はどこにいる⁉　どこかに動かしたのか⁉」

私たちが殿下が軟禁されていた部屋に到着したとき、既にアルヴィン殿下の姿はそこにありませんでした。

遺体を移動させたのでしょうか？　こんなに早く？　何のために……？

「そ、そ、それが、そのう。アルヴィン殿下の遺体は煙のように消えてしまって」

「ほ、本当なんです～。どうにか蘇生を試みようとも無駄でして～。突然光がアルヴィン様を包み込んでしまわれて～～」

「眩《まぶ》しくて目を背けた、その瞬間……、パッとその場からアルヴィン殿下の姿が見えなくなりました」

この場にいるメイドや兵士の方々は口を揃えてアルヴィン様が消えてしまったと言いました。

みんなが見ている前で人一人の遺体が消えたという現象。誰かがそうやってアルヴィン様の遺体をどこかに移動させたということでしょうか。

うーん。分かりませんね。何が起こったのか。

まばゆい光によって包まれた瞬間に消えた、ですか。気になりますね……。

「そんな奇っ怪な話があるか！　この部屋を隅々まで探せ！」

「「はっ！」」

ライラ様は兵士たちに部屋の中を探すように指示します。消えたという言葉を端《はな》から信じていないみたいですね。

兵士たちは隅々まで小さなこの部屋を捜索しました。しかしながら、アルヴィン様の遺体は出てきません。

どうやらこの部屋にいないことは間違いないみたいです。

「くっ……、光に包まれて消えただと？　そういう魔法があるとでも言うのか？」

ライラ様もこの状況ではアルヴィン様の遺体が消えたという話は信じるしかないみたいですね。

問題は誰がどうやってということになりますが。

「転移魔法《アポート》というものは確かに存在しますわ。超高等魔法ですけど」

「じゃあ、それを使ったに違いない！」

「それは、あり得ません。アルヴィン様の質量を移動させるには雷神の鎚《トールハンマー》を百連発するくらいの魔力が必要ですから」

お姉様はライラ様にアポートという魔法があることを教えましたが、あの魔法は燃費が悪くて小さくて重さの軽い物体を移動させることが精一杯の魔法です。

アルヴィン様の質量を移動させるのは私とお姉様とお父様が協力しても無理でしょう。

では、魔法を使ってこの部屋からアルヴィン様を運ぶことが不可能なのかと言いますとそうでもありません。

私はアルヴィン様の姿が消えたという皆さんの意見を聞いて、ある疑問が頭に思い浮かびました。

そもそも、アルヴィン様は本当に消えたのかという疑問です。だって皆さん、まぶしくて目を背けたと仰っているんですもの。

「アルヴィン殿下の遺体を動かしたのはニックだと思います。破壊魔法と再生魔法を使って」

「んっ？　ああ、そうか。なるほど。破壊魔法で床に穴を空けて、アルヴィン殿下を回収し、再生魔法で床を直したのか」

「正解です。流石はフェルナンド様」

そう、犯人はニック以外に考えられません。

破壊魔法は以前にイザベラお姉様にちょっかいを出したときに牢獄への侵入を可能にしていましたし、先程、ライラ様を強襲したときも床に穴を空けていましたし、こういうことにうってつけの魔法なのです。

再生魔法を使って床を直しカモフラージュしていますが、両方が使える存在がニックしかいない以上、彼以外が犯人とは考えられません。

「な、なるほど。しかしニックのやつ、何のためにアルヴィンの遺体を！」

「問題はそこではありませんわ。その仮定だとこの部屋にいた誰かが遺体から目を背けさせるために、魔法でまばゆい光を放ったことになります」

「「――っ⁉」」

イザベラお姉様の言うとおり。

ニックがアルヴィン様の遺体を消したかのように見せかけるには、魔術師の協力者が必要です。そして、そのもう一人の魔術師はこの部屋にいます。

「こ、この中にニックの味方の魔術師がいるだと⁉　馬鹿なことを言うな！　魔法が使える者は兵士たちの中でもごく一部だけだし、使用人たちに至っては皆無だ。この中に魔法が使える者はお前たち姉妹以外にはいない！」

イザベラお姉様がこの部屋の中に魔術師がいると発言したので、ライラ様はそれに反発します。そうですね。

魔法が使える者は少ない。だからこそ、魔術師の家系である私たちの実家、ノーマン家は優遇されていましたし、お姉様が辺境伯であるフェルナンド様と幼いときに婚約をしたのもそのことが大きいのです。しかし――。

「魔法を使えない者が使えるフリをすることは難しいですが、使える者が使えないフリをすることは簡単です」

「おいおい、この部屋の中に魔術師がいると本当に言っているのか？　使えないフリというが、使用人も兵士たちも昨日今日雇った者ではないんだぞ！」

そうなんですよね。

わざわざ魔法を使えないフリをするメリットってありませんよね。

それに、ずっとノルアーニ王国の監獄に閉じ込められていたニックがこの瞬間のために王宮に仕えている人に声をかけて、仲間にしたとは考えにくいですし。

「事情など本人に聞いた方が早いですわ。目を背けるほどの魔力を放出。このわたくしを侮っているのでしょうか？」

「お姉様の仰るとおり、上手く再生魔法と破壊魔法の痕跡に混ぜていますが、完全には消せなかったようですね」

「な、なんですか～？　私は普通のメイドさんですよ～。アリーナ・リリットと申します～」

アリーナと名乗ったメイドから感じたのは魔力使用の痕跡。

相当の手練なのか、この部屋に入ったばかりのときはニックの使ったであろう魔法の痕跡に上手く混ぜて、協力者の存在自体を上手く隠していました。

「アリーナが魔術師だと？　この娘はもう二年以上、王宮で働いているんだぞ！　実家が裕福でないから、仕送りを頑張っている真面目な子だ。魔法が使えるならば、もっとそれを活かした他の仕事をしているだろう」

「ライラ殿下の仰るとおりです～。魔法なんて使えな――」

「魔雷《スパーク》ッ！」

「──っ⁉」

ライラ様の弁護に続いて、アリーナさんも弁明しようとします。

しかしながら、イザベラお姉様はそんなアリーナさんの心臓をめがけて雷撃魔法を放ちました。

容赦ありませんね。そんな乱暴なことをしなくても彼女が魔術師だと証明出来たでしょう……。

「酷いです～。ただのメイドに向かって、至近距離から雷撃を飛ばすなんて～」

「ゆっくりと加減して飛ばしましたわ。まぁ、ただのメイドが防げるほど生易しい魔法ではありませんがね」

アリーナさんの目の前にはひし形の黒い盾が浮かび上がり、イザベラお姉様の魔雷《スパーク》を完全に防ぎました。

魔法を完全に遮断する防壁をノーモーションで……。

やはり、この人はニックにも劣らない魔法の使い手かもしれません。

「さすがはノーマン家の魔術師ですね～。まさか、こんなにも早くバレるとは思いませんでした～」

「あ、アリーナ……⁉　貴様、魔法が使えたのか⁉」

「嫌ですよ～、ライラ殿下～。私のことをお忘れですか～～？」

アリーナさんが魔法を使ったことに驚愕したライラ様に対して、彼女はニコニコと笑いながら自分の顔に手をかざします。

「「――っ⁉」」

「か、顔が変わった⁉」

は、初めて見ました。

変身魔法――世の中に混乱を招くとされて、禁術に指定されているいわゆる外法《げほう》と呼ばれている魔法。

完全再生魔法と同じく禁忌とされているので、術式の存在は仄《ほの》めかされていましたが、古代人によって封印されていると聞いたのですが……。

黒髪で地味な感じの少女だったアリーナさんが、妖艶な銀髪の絶世の美女へと様変わりした瞬間を目の当たりにして、私も思わず息を呑みました。

「き、貴様はティルミナ‼　この国を追放された魔女が何故ここに⁉」

「……ふふ、もちろん秘密で～～す」

アリーナさんはライラ様にティルミナと呼ばれました。どうやら、この方はアリーナさんではないみたいです。

追放された魔女とは、これは一体どういうことなのでしょうか。

ニック以上に嫌な気配がしますが……。

「ふーん。私の魔力の痕跡を見抜くなんて～。ノーマン家のご令嬢は噂どおり優秀なんですね～。特に妹の方が……。ニックさんの言うとおりです」

ライラ様にティルミナと呼ばれた女性は不敵に笑いながら私を見ます。

値踏みされているようなねっとりとした視線です。

「なんですって！　もう一度、言ってご覧なさい！」

イザベラお姉様の方に視線を送りながら、挑発的な言動を放つティルミナに対して、お姉様はムッとした顔で反発しました。

お姉様の負けず嫌いなところが出ています。そうやって、冷静さを失わせようとするのはティルミナの作戦なのかもしれません。

「きゅん、きゅーーん！　きゅん！」

（シルヴィア、あ、あいつ、化物だよ！　ダメだ！　近付いちゃ！）

（ルルリア、落ち着いてください）

ティルミナが不気味だと感じたのはルルリアも同じみたいで、グイグイ私の裾を引っ張って逃げようと主張します。

ニックのとき以上に怯えていますね。とにかく警戒しないとなりません。

「知ってるわよ～～。そこの王女様の婚約者にキスして投獄されていたんでしょう？　おバカさんよね～。妹ちゃんもそう思っているでしょう？」

「……えぇーっと、身内としてそれは答えにくいというか」

「うるさいですね！　ライラ様が許してくれたのですから良いでしょう！」

「私は許してないぞ。ナチュラルに図々しい奴だな、貴様は……」

ティルミナの質問に返答に窮するとお姉様は不機嫌になります。

だって、アルヴィン様とキスしたのはあまりにも軽率というか、本来なら許されない行為ですし。

……ライラ様ももちろん未だにお姉様に対してお怒りみたいです。

それはそうですよね。何一つとして、許されることをしていないのですから。

「うふふふ。醜く争う姿ってなんて美しいのかしら～。ライラ殿下～、義弟によろしくお伝え願いまーす。この国、滅ぼしちゃうぞって」

「ふざけるな！」

「ダメですよ！　ライラ様、危険です！」

「――っ⁉」

尚も、挑発的な言動を繰り返すティルミナにライラ様はサーベルを片手に切りつけようとします。

私はティルミナが魔法を使う気配を察知して、ライラ様に飛びつきました。

その瞬間、魔法陣が形成されて、そこから岩石が飛び出して壁にぶつかり砕け散ります。

当たっていたら、痛いでは済まなかったでしょう。

「やっぱり、妹ちゃんの方が優秀ですね～。それでは、また。ご機嫌よう～～」

今度は窓に向かって岩をぶつけて、笑みを浮かべながら外へと出て行きました。

何でしょう。あの方、笑っているのに、怒りのような感情しか感じられません……。

ニックとはまた別の恐ろしさがありました。

「で、あの女はなんですの？　無礼にもほどがありますわ」

「無礼さ加減は貴様に通ずるところがあるが、情報は共有しておいてやろう。ニックの仲間であることも確定したしな」

イザベラお姉様の質問にライラ様は答えると仰せになりました。

どうやら、ティルミナという人間。この国ではかなりの問題人物みたいです。

「ティルミナは現国王の兄の妻、つまり先代国王の側室で私の伯母《おば》だった女だ」

「「——っ!?」」

「それだけじゃない。三十年前に滅びたジルバニア王国の王妃、五十年前に解体したバーミリア帝国の将軍の妻、姿形を変えているが、この大陸の要人たちに取り入り、ことごとく国を滅ぼしてきた。それがティルミナという魔女なんだ」

えぇーっと、数年前にこの国で内乱があって、国王が代わったことは知っていましたが、まさかそんな背景があったとは……。

それにジルバニアとバーミリアの噂も聞いたことがあります。

一人の魔女が好き勝手にした結果、国が乱れて滅ぼされた。そんなお話を。

「では、ティルミナはいわゆる傾国の魔女ということですか。あのいけ好かない感じも納得ですわ」

「この国を滅ぼすと仰ってましたが、そのためにニックと組んだということでしょうか……」

「おそらく、な。ノルアーニを滅ぼしたいニックとナルトリアを滅ぼしたいというティルミナ。

お互いに利害が一致したのだろう」

これは私たちだけでは手に負えない問題に発展したような気がします。

グズグズしていると、大変なことになりそうです。

◆〈アルヴィン視点（時は少し遡る）〉

ふ、ざ、け、る、な！　この僕を！　この王子たる僕を！　こんなところに閉じ込めて、どれだけ放置したと思っている！

ライラの奴、イザベラがこちらにやって来ることを伝えたきり、簡素で小さい部屋にこの僕を閉じ込めやがった。

イザベラの話と僕の話が一致していなかったら許さないと言い残して。

言っとくがなぁ！　僕は本当に悪くないし、あれは浮気の範疇に入ってないぞ！

泣いている女の子を、この王子たる僕の唇で慰めてあげただけだもん！

それ以上は断じてしていない！　紳士たるもの、節度は守っている！

「いい加減にここから出せ！　こちらが大人しいからって調子に乗るな！」

ドンドンとドアを叩き、壁を蹴り、僕は暴れた。

イザベラはきっと僕のことを庇うだろう。

全面的に自分が悪かったと謝罪するのは間違いない。

そうなれば、ライラも僕に悪意がなかったと気付くはずなのだが。遅い、遅すぎる。

イザベラはとっくに到着したと聞いたのに、何が起こっていやがるのだ。

「アルヴィン殿下、あまり暴れない方が良いですよ〜〜。……イザベラさんがアルヴィン殿下にいきなりキスされたって供述したらしいですからね〜〜。ライラ殿下、相当お怒りみたいです〜〜」

「な、何〜〜っ⁉」

部屋で暴れていたらメイドのアリーナが入ってきて、暴れるなとか言い出す。

どうやら、ライラは機嫌が悪いらしい。僕がイザベラにいきなりキスしたとかいう話を聞いたから。

「確か、アルヴィン殿下は〜〜。イザベラ様がキスをせがんで、せがんで仕方なかったから、やむを得ずしちゃったみたいなことを仰ってましたよね〜〜？　どちらが本当なんでしょう？」

「お、王子たる僕が嘘などつくか！　イザベラが嘘ついているに決まっておるだろう！」

ふ、ふざけるな！　あの女、僕を売るような供述をしやがった！

涙目で、すり寄ってきて、上目遣いをしてくれれば、それはキスをしてくれとせがんだのと同義だろう。

大体、そのあと何回もしたんだし。僕からやったなんて、ストレートな言い方をしないでも良いじゃないか。

ボランティアのキスって説明しにくいし……。

「あはははは、アルヴィン殿下ったら。焦っちゃって面白いです〜〜。ライラ殿下、怒ったら怖いですよ〜〜。本当に他国の王子でも処刑しちゃったりして〜〜」

「うっ――!?　な、なんだお前は!?　こ、この僕に対して、失礼じゃないか!?」

アリーナは黒髪をかきあげて、挑発的に僕を嘲笑う。

たかが、メイドのくせにこの王子たる僕を笑うとはどういう了見だ!?　この王宮は使用人の教育も満足に出来んのか!?

「ねぇ、殿下〜〜。もう、助かるには壊すしかありませんよ〜〜。この国を、ナルトリア王族を、全部壊してしまいましょうよ〜〜。憎くありませんか？　ライラ殿下も、イザベラさんも……シルヴィアさんも」

背筋に凍るような冷たさが走った。

さっきまで明るかった、アリーナの声が低く威圧感のあるような感じに変わったのだ。この女、普通じゃない。

「お、お前は何者だ……？」

「えへへ、私ですか〜〜？　いいですよ、正体くらいは教えてあげます〜〜」

アリーナは自分の顔に手をかざすと、黒髪はあっという間に色を失って銀色へと変化する。

それと同時に彼女の顔つきも少女めいた見た目から、妖艶な魔女のような成熟した雰囲気を醸し出す。こ、これじゃあ別人じゃないか。

「ティルミナ、この愚図な王子を誑《たぶら》かして何を企んでいる？」

「ニックさんこそ、勝手にライラ殿下に喧嘩売って返り討ちってざまぁないですよ〜〜」

アリーナは赤い目をした男にティルミナと呼ばれる。

誰が誰だって？　ていうか、赤い目をしたニックって、確か父上の弟の……？　いや、それにしちゃ若いか。

こいつはどう見ても十六から十八歳くらいにしか見えんし。

「ふん、まぁいい。私は私の目的を達成出来れば、それでいいのだから」

「アルヴィン殿下〜〜。助かりたいなら〜〜。私と協力しましょう〜〜」

確かにこのままじゃライラに殺される。殺されるのならいっそのこと……。

だが、しかし。こいつらも得体がしれないし……。

いや、それでも、よく見たら。このティルミナって女、すっごく美人だな。

「ほら、私の顔をよく見てください〜〜」

「顔を？　んっ、んんっ……」

唇に柔らかな感触が伝わる。えっ？　僕は今、キスしてる？

うひょーー、モテる男は辛いなー。こんな美人が僕の唇を貪るようにキスするなんて。

やっぱり王子ってだけでモテちゃうんだなー。まぁ、訳の分からん男に見られているのは気に食わんが……。

んっ？　見られている？　いやいや、待て待て、待ってくれ。

この状況をライラのやつに見つかったら殺されるぞ。

「ぷはぁっ！　ちょっと待て！　この状況はまずい！　ライラに見つかったら」

「ライラ様に見つかったら～。殺されちゃうかもしれないですね～～。その心配は無用ですけど……」

「その心配は無用？」

　このティルミナという女、何なんだ。いきなりキスしてきて、ライラのことを不安がると心配するなと言ってきて。

　何を根拠にして心配無用などと無責任なことを言ったんだ。

「だって、アルヴィン様は今から死にますから～～。ライラ様に謝罪の意を伝えると騒いだあとに、このロープで首を吊って～～」

　ティルミナはロープを僕に見せてヘラヘラと笑う。何を馬鹿なことを言っているんだ。

　この僕が自殺だと？　そんなことをするはずがないじゃないか。

「見た目は良いみたいだが、阿呆だな。僕が自殺など……死んでやるーーーーーーっ！」

　えっ？　何を言っているんだ？　僕の口が今、勝手に動いたぞ。

　なんで僕はロープを首に括《くく》り付けているんだ。これじゃまるで自殺するみたいじゃないか。

「ライラに悪いことをした！　僕は死を以てして償うしかない！　死んでやるーーーーっ！」

「アルヴィン様！　どうされました？　鍵を開けてください！」

「アルヴィン様！　おいっ！　ライラ様に伝えて来い！」

　鍵なんかかけるものかよ。お前らが見張って外に出さないようにしたんじゃないか。

なんで、こんなことになったんだ⁉　体の動きが止まらない！

——気付けば僕は首を吊っていた。

ティルミナという美女に唆されて、口づけをした瞬間に僕は僕の身体の自由を奪われたのである。意味が分からない。

「またもや禁術、傀儡《くぐつ》魔法か。傾国の魔女とはよく言ったものだ。私でさえ躊躇う外法の数々を使いこなすのだからな」

く、傀儡魔法だって？　なんだそりゃ。

た、確かに体が言うことを利かない。自ら望んで首を吊ってるようにしか……。

「嫌ですよ〜、ニックさん。こんな魔法、いちいち口づけしなきゃいけないし、命令も単純なものしか出来ないし、効果もたったの三十分程度。こんな未完成魔法、完全再生魔法と比べたらゴミみたいなものですよ〜」

ニコニコと笑いながら僕が首を吊って死に向かっている様子を眺めているティルミナ。

き、キスしただけで、好き勝手に人の行動を操れるだって⁉　そんな魔法、聞いたことがないぞ。

いや、待てよ。ニックのやつ、ティルミナのことを「傾国の魔女」って呼んだか？

その名前は聞いたことがあるよう——。

ま、まずい。これは、まずいって……。し、死ぬ。ぐるじ……、い。

う、うごげ、ぼくのから、だ……！

死ぬ、じ、じぬ……、ぐる、ぐる、ぐる、じぃ――――――。も、もう駄目だ。目の前が真っ暗になる……。

◆

「――かはっ！　んっ？　僕は一体」

「目が覚めたか？　ボンクラ王子」

「お、お前は……!?　えっと、誰だっけ？」

目が覚めたら、薄暗いところにいた。ここは牢獄の中のように見えるが……。

ランプの光があまりにも淡すぎてよく分からない。

「私か？　まったく、ノーマン家の娘共と比べてお前は出来が悪いみたいだな。昔の私を見ているようで、苛つく。……まぁいい。教えてやろう。私の名はニック・ノルアーニ。ボンクラ、お前の叔父だよ」

「――っ!?　ニック・ノルアーニだって？　あはは、お前の年齢幾つだよ？　僕よりも下に見えるぞ。確かに叔父は呪われた赤い目をしていたと聞いたことがあるが、な」

目の前の男が僕の叔父のニック・ノルアーニだって？

かつて、国を滅ぼそうとして幽閉された父上の弟が僕よりも若い見た目のはずがないだろう。

話と一致するのはその不気味な赤い瞳だけじゃないか。

「やれやれ、一つも常識を疑えぬとは、やはり無能か。兄の息子じゃ仕方ないがな。……己は死して復活したというのに」

「死して復活？　どういうことだ？　一体、これは」

「簡単なことですよ～。アルヴィン様は～。一度、お亡くなりになりました～。首を吊って自殺したのですよ～。いや～、生き返って良かったですね～」

「て、ティルミナ……！」

地下牢の外にいるのはティルミナ。

さっき、僕に口づけをして、体を操って首吊りさせようとした悪い女だ。

相変わらず、ニコニコと笑っていやがる。憎たらしい。

「注文どおり生き返らせてやったぞ。これで貸し借りはなしだ」

「はいは～い。私も興味があっただけだ。ニックさんが意外と義理堅くて安心しちゃいました～」

「ふん。私も興味があっただけだ。お前の仮説とやらが正しいのかどうか」

何やら訳の分からんことを話しているニックとティルミナ。

僕を生き返らせてやったとか、意味が分からん。

まるで、僕が一回死んで、ニックが蘇生させたみたいじゃないか。

死者蘇生なんて、あの小生意気なシルヴィアだって出来ないんだぞ……。

「私の傀儡魔法は～。本来、死んだ生き物を自由自在に半永久的に動かす魔法だったんですけど～。何とか、生き物にも使えるようにしたかったんですよね～。死んだ生き物って腐るし、見た目もグロテスクで可愛くないし～」

なんだその趣味の悪い魔法は。

死んだ人間を半永久的に動かすとか、不気味すぎるだろう。

この女、顔は美しいが性格はかなり悪そうだぞ……。

「で、さっきの粗末な魔法にしかならなかったと」

「そうなんですよ～。やっぱり、生き物って生命力って奴が邪魔をして魔法の効果が上手く伝達されないんです～」

意味が分からん。要するに僕のことを完全に傀儡に出来なかったってことか。

あはは、そりゃあそうだ。この王子である僕の体を好き勝手動かすことが出来たら、それこそ国がめちゃめちゃになる。

残念だったなティルミナ。お前の思いどおりにならなくて。

「だから～～。一回、死んでもらって～。傀儡魔法をかけて～。再生魔法で生き返らせたら～、弱点を克服出来ると思いまして～」

はぁ？　一回死んで生き返るだって？　また馬鹿なことを抜かしている。

死者蘇生など出来るはずがない。それも投獄されるような愚鈍な反逆者ごときに。

「お前と私で生きた人間を自在に操る魔法を完成させようってわけか」

「楽しくなりませんか～？　これは世界中を混乱させて自由自在に滅ぼすことが出来る夢の魔法ですよ～」

生きた人間を自在に操る魔法だって？　ふざけるな！　それを僕にかけたというのか？　あり得ないだろう、そんなの。

ま、待て！　何をしている？　僕に何をするつもりだ！　ティルミナはゆっくりと僕の頭に手をかざす。

「まさか僕に傀儡魔法をかけるつもりか⁉」

「ふふふ〜〜。アルヴィン様はやっぱりお馬鹿さんですね〜〜。もうとっくにかけていますよ〜〜。アルヴィン様が死んだときに〜〜」

僕の頭の中で何かが爆発したような激痛が走った——。

第四章 姉妹の絆

幾つもの国に混乱を招き、このナルトリア王国の内乱の原因にもなっていたという、通称〝傾国の魔女〟ティルミナ。

どういう訳か、彼女は私たちの故郷であるノルアーニ王国の国家転覆を企んだニック・ノルアーニと手を組んでいるみたいです。

「なぬぅっ⁉　あのティルミナが現れただとっ⁉　あの女生きておったのか！」

玉座から立ち上がり、大きな声を上げたのは……ナルトリア王国の国王、レオンハルト陛下です。

その血管が浮き出ていて、今にも弾けそうなくらいの形相で怒りに打ち震えている様子から察するに、ティルミナという女性がかつて如何にしてこの国を掻き回したかが窺い知れます。

「伯父《おじ》上を狂わせた元凶がいつの間にかメイドと入れ替わっていたようなのです。ノーマン姉妹がそれを看破していなければ、さらなる混乱もあり得たでしょう」

「ぐぬぬっ！　あの女狐、また我が国を壊しに来たのではあるまいな……！　至急！　全兵士たちに伝達せよ！　魔女、ティルミナを見つけ次第、殺すようにと！」

ライラ様からの報告を聞いたレオンハルト陛下からは先日の豪快さは見受けられなくなってい

ました。

とにかく、問答無用で殺せという命令を全兵士に最優先事項として告げたのです。

「恐れながら陛下。もう一つ報告があります」

「フェルナンドか。悪いが有事である。手短に話せ……！」

フェルナンド様は一通りの話が終わるのを待って、前に一歩出ます。

そう、私たちノルアーニの人間にとってはティルミナ以上に大きな問題が浮上していました。

彼はそれを陛下に伝えるのでしょう。

「我が国の第二王子、アルヴィン・ノルアーニが自害しました。軟禁されていた部屋で……」

「なっ⁉」

「その一部始終を目撃してそれを兵士やライラ殿下に伝えた女が例のティルミナだったのです」

フェルナンド様はアルヴィン殿下が亡くなり、そして遺体をニックがどこかに運んでしまったことを話しました。

そして、ティルミナとニックがそこで繋がっているということも。

「陛下、アルヴィン殿下は亡くなりました。殿下の友人として、王室より外交を任された身として、私はこの件について責任を取らねばなりません。アルヴィン殿下のご遺体の確保、ティルミナとニックによる陰謀の阻止のために、ノルアーニ本国より援軍を出すことをお許しください」

最後にフェルナンド様は辺境伯として外交を任された責任を取ることを強調しました。

すなわち、ノルアーニ王国側からも兵士などを派遣して問題解決のために全力で動きたいと希望を出したのです。

　アルヴィン殿下とイザベラお姉様の浮気を謝罪しに来ただけでしたのに、それどころではない問題に発展して、私は混乱しているだけなのですが、フェルナンド様はそれでも毅然と事実と向き合っていました。

「アルヴィン殿は仮にも義理の息子になる予定の人物だった。……よかろう。アルヴィン殿の遺体を回収するまでの間、ノルアーニ王国の介入を許そう！　我々も遺体の捜索を最優先する！」

　過ちを犯したアルヴィン殿下はお姉様と同様に簡単には許されないと思います。

　しかし、亡くなってしまった方をさらに貶めるようなことを陛下は選択しませんでした。

　あくまでも、娘の婚約者として敬意を払い、殿下の死を弔うために手助けしてくれることを約束してくれたのです。

「軽率な馬鹿者だと思っていたが、あれでも私の婚約者。死後、冒涜することは許さん」

「はぁ、ライラ様もほとほと甘い方ですわね。てっきり絶対に許さないと決めているのかと思いましたわ」

「貴様は絶対に許さん」

　ライラ様もイザベラお姉様もアルヴィン殿下の遺体の捜索を優先することには異論を挟みません。

　私も持てる力を最大限に活用して必ず殿下を――。

「陛下ーーっ！　陛下ーーーーっ！　た、大変です！　陛下ーーーーーっ！」

「なんだ⁉　騒々しい！」

そんなとき、慌ただしく大声を出しながらレオンハルト陛下のもとに兵士が走ってきました。

なんでしょう。幽霊でも見たような顔をしていますが……。

「アルヴィン殿下が見つかりました！」

「「──っ⁉」」

兵士の報告に私たちは驚きました。なんとアルヴィン様が見つかったと言うではありませんか。

意外でした。だってニックとティルミナがわざわざ偽装までして遺体を運んだのです。

何か争いごとの火付けに利用するものとばかり思っていましたから。

「ふむ。遺体だけでも見つかったのなら何よりだ。それで、アルヴィン殿の遺体はどこに？」

「いえ、それが。アルヴィン殿下は健在でして、空腹を訴えられましたので、食事を摂っておられます」

「「──っ⁉」」

さらに驚いたことにアルヴィン様は生きていました。そして、食事をするほど元気みたいです。

これは本当に意味が分かりません。ニックとティルミナはどういう目的があってこんなことをしたのでしょう。

「とにかく殿下のところに行ってみよう。君、案内してくれたまえ」

「はっ！」

私とフェルナンド様、そしてイザベラお姉様とライラ様は兵士と共にアルヴィン様が食事を摂られているという場所に向かいました。

　生きていらっしゃったのは何よりですが。釈然としませんね。


「おかわり！　足りぬ！　足りぬぞ！　もっと寄越すのだ！」

　目の前には生きてビーフステーキを頬張るアルヴィン様。

　元気ですね。元気すぎる気もします。

　アルヴィン様の心臓が止まっていて、亡くなったことを確認した兵士など、幽霊が現れたと騒ぎ、パニックになっていました。

「食欲旺盛なのは結構なことだし、殿下の生存は非常に喜ばしいが……私は少しだけ熱くなったことを後悔しているよ。似合わぬことを言ってしまった」

「似合わないなんてとんでもありません。フェルナンド様の情に厚いところ、私は好きですよ」

「そうか。君がそう言ってくれるのなら、全ては帳消しだな」

　フェルナンド様はアルヴィン様の弔い合戦をする覚悟でレオンハルト陛下に進言をしていましたから、彼の生存がすぐに判明して気恥ずかしくなってしまったのでしょう。

　私はあのときのフェルナンド様は素敵だと思いましたが。

　彼は私の言葉を聞くと少しだけ微笑みながらアルヴィン様を見据えました。

「きゅ、きゅん。きゅーん！」

（ルルリアもお腹減った！　ご飯、いいなー！）

（後で沢山食べましょう。今はアルヴィン様が心配です）

（王子様が心配なの？　生きていて元気そうだよ！）

元気すぎるから心配なんですよ、ルルリア。アルヴィン様はつい先程、亡くなったのですから。

死んだ人間が何事もなかったように食事をする光景は何とも不気味です。

「どういうことだ？　我が国の兵士は遺体かどうかも判別出来ぬとでも言うのか？」

ライラ様も三枚目のステーキを美味しそうに咀嚼《そしゃく》するアルヴィン様をご覧になって、彼の生存に驚きの声を上げます。

しかし驚きはしましたが、アルヴィン様が生きている理由は推測出来るのです。

死者蘇生を可能とする術式に私たちは心当たりがあるのですから。

「完全再生魔法――ハッタリではなかったという訳ですわね」

「ええ、それは大怪我を負ったニックが一瞬で復活したことからも見て取れました」

「だが、死者蘇生をも可能にするとは。シルヴィアも荒れた大地を再生させたのだから、可能ではあるのだろうが」

そう、ニックは完全再生魔法を修得したと豪語していました。

私の使う再生魔法は死者蘇生という禁忌を犯さぬように古代人によって術式に刻まれたリミッターがついていて人間には使えないのですが、彼にはその制限がありません。

それは彼の戦いぶりを見て証明はされていたのですが、実際に死んだ人間が蘇ったという現象は常識の外なので、にわかに信じられないのも無理はない話です。

「ふむ。ニックが再生魔法でアルヴィンを蘇生させたのは分かった。だが、何が目的だ？　わざわざ殺して蘇生させ、攫《さら》った人間をみすみす逃がす理由が分からん」

「ライラ様の仰るとおりです。私もその点に強い違和感があります」

私が不思議に思っていることはまさにライラ様の仰せになられたことです。

すなわち、ニックとティルミナという二人の魔術師から逃げることが出来たということ。

アルヴィン様はお世辞にも運動神経が良いとは思えないくらいです。

対してニックは多彩な魔法を操ると聞いていますし、ティルミナもまた禁術を使うほどの魔法の使い手。はっきり言って逃げるのは無理でしょう。それならば――。

「アルヴィン様をわざと逃がしたと考えるのが自然か？」

「わざと逃がしましたの？　何のために？　わたくしなら、人質にしますが。ニックという方はノルアーニに恨みがあるでしょうし」

「イザベラ・ノーマンの意見に同意するのはしゃくに障るがそのとおりだな。一国の王子を捕らえて、わざわざ逃がす意味が分からん」

フェルナンド様はわざとアルヴィン様を逃がしたと推測しましたが、イザベラお姉様とライラ様はそれを否定しました。

私はフェルナンド様の意見はごく自然に導き出された答えだと思いますが、じゃあ何のために捕らえたのか、というところに疑問が浮かびますよね。

「おい、お前ら！　この僕がなんで生きて戻ってこれたのか不思議がっているな？」

「当たり前だ。賊が貴様をわざわざ逃がす理由がないのだから」

「仕方ないから答えを教えてやろう。あの馬鹿な魔術師共、仲間割れをしやがったのさ。間抜けにもお互いを傷付け合ったところを僕はスキを見て逃げ出したのだ……」

「「…………」」

一応、筋は通っていますね。

それしかない、という答えです。

互いに高位の魔術師で殺し合いまで発展すれば、一瞬のスキが命取りですから。

でも、なんでしょう。嘘っぽいんですよね。アルヴィン様のお話。

ニックとティルミナが争っている間にまんまと逃げおおせたと説明されましたが、そんな都合が良いことってありますかね。

状況的にそれしか考えられないとはいえ、どうも違和感があります。

「はっはっはっ！　お前たちには心配をかけたな！　だが、この僕は見事に復活した！　そして見事に帰ってきたのだ！」

「「…………」」

変身魔法は姿を変えられますが身長までは変化出来なかったはず。

ティルミナが化けているという可能性はありません。

しかもこの謎に自信たっぷりな笑い方。アルヴィン様の笑い方そのものです。

多分、本物……ですね。ええ、多分ですけど。

気になるのは、最初のアルヴィン様の自殺騒動です。

彼は自ら死ぬと宣言して自害しました。そして、それを見計らった上でニックとティルミナは彼の遺体を回収しているのです。

あっ——!?

今、分かりました。蘇生したアルヴィン様から感じられる違和感はそこですよ、そこ。

「アルヴィン、それで、ティルミナとニックの目的などは知っているか？　流石に逃げるだけで精一杯だったと思うが」

「目的？　もちろん知っているさ。あいつらペラペラ喋りまくっていたからな。はっはっは！」

アルヴィン様はティルミナとニックの目的を知っていると豪語しました。

それならば尚更あの二人はアルヴィン様を生かしておかない気がします。

「ほう、知っているのか。それは朗報だ。早速、教えてもらおう。連中についてはまだ情報があまりにも少ない」

「んー、どうしよっかなー？　ライラ、君は僕に怒ってるんだよねぇ。怒ってる奴に教えてやるのもなー」

「貴様ッ!?」

アルヴィン様はニヤニヤと笑いながらライラ様に挑発的な言動を放ちます。

ええーっと、あなたは謝罪に来た立場で、謝罪の形として自殺したのではないのですか？

ここで情報の共有を断るなんてどうかしていると思うのですが……。

「アルヴィン殿下、冗談でも挑発的な言動は控えてください。今、ナルトリア王国と揉めることだけは避けなくてはならないのは理解していますでしょう⁉」

「あっはっはっは！　フェルナンド！　いつからお前はこの王子たる僕に意見するほど偉くなった⁉　ナルトリアが何だ⁉　僕は屈辱だったんだよ！　この国に来て雑に扱われたことが‼」

フェルナンド様がアルヴィン様を諌めますが、逆効果みたいです。

笑いながら恨み言を口にする彼は、これまでの不満を爆発させていました。

いや、だからそもそもの発端はアルヴィン様とお姉様じゃないですか。

「アルヴィン、貴様！　この国を蔑ろにする発言……！　取り消せ！」

「あらあら、ライラ様……。本気でお怒りみたいですわね」

「お姉様、今は黙っていた方がよろしいかと」

今にも腰のサーベルを抜きそうな剣幕のライラ様。

いつものアルヴィン様なら情けない声を上げるところですが……。

「まぁまぁ、ライラ。婚約者相手にそう怖い顔をしないでくれ。美しい顔が台無しじゃないか……」

「なんだと？」

彼は大きく手を広げて、ライラ様に笑いかけます。なんていうか、余裕そうですね。

優しそうな表情を作ってアルヴィン様はライラ様を宥めています。

「本気で教えない、なんて意地悪するはずがないだろう？　ほら、耳を貸せ。ティルミナの目的は君たちナルトリア王家としても、おおっぴらにしては不味《まず》い話なのだ」

「ったく、趣味の悪い冗談を……！」

そして、アルヴィン様はライラ様に向かって秘密の話がしたいとヘラヘラ笑いながらポケットに手を突っ込みながら近付きます。

ティルミナの目的がおおっぴらに出来ない話？

「アルヴィン様、随分と人が変わりましたね。生まれ変わった影響でしょうか？」

「確かにあなたと同じくらい図太くなっていますわね。卑屈な感じが一切しませんわ。一つ一つの言動に意思が込められていますし」

生き返った影響で性格が変わった？

それは確かにあり得るのかもしれません。

しかしながら、この強烈な違和感。それすらもニックとティルミナの罠《わな》だとしたら……。

「銀光の枷《シルバーロック》」

「――――っ⁉」

私は自分の勘を優先させて、アルヴィン様が手をポケットから引き抜く瞬間に銀色に光る魔力の枷で彼の手足を拘束しました。

アルヴィン様は転びながらポケットからナイフを落とします。

「アルヴィン様、あなたはライラ様に殺意を持って近付きましたね？」

「はぁ⁉　シルヴィア・ノーマン、何を言っている？　王子たるこの僕への狼藉《ろうぜき》！　死罪に値するぞ！」

私を凄い形相で睨みつけるアルヴィン様ですが、落としたナイフは確かな証拠です。

この方は婚約者である他国の王女を殺そうとしていました。

拘束魔法である銀光の枷《シルバーロック》で自由を失ったアルヴィン様は物凄い表情で私を睨みます。

「この無礼者！　シルヴィア、お前！　この拘束を解け！　僕は王子だぞ！」

「アルヴィン様、もう一度質問しますよ。殺意を持ってライラ様に近付いてナイフで刺そうとしましたね？」

「知るか！　ナイフなど知らない！　僕は連中の目的を話してやろうとしただけだ！」

この状況でもとぼけるつもりですか。

何でしょう。やはり、違和感しかありません。

そもそも、ライラ様をナイフで刺すような気概があればもっと最初から彼女に怯えたりしないはずですし。

「アルヴィン、貴様！　この私を殺す気だったのか⁉　この状況でナルトリア王国に喧嘩を売るとはいい度胸だな！」

「だから知らないって言ってるだろ⁉　言いがかりだ！」

どんなに強くライラ様が追求しても、アルヴィン様は知らないの一点張り。

確かにこれは国家問題というか、戦争に発展してもおかしくない話です。

「では、お前が握りしめていたこのナイフは何が目的なんだ⁉　言ってみろ⁉」

「だから、それは……！　うぐぐぐぐっ！　があああああああああっ！」

「「――っ⁉」」

さらにライラ様が追及されるとアルヴィン様は私の魔法での拘束を力で引きちぎりました。

この銀光の枷《シルバーロック》は魔獣と呼ばれる力の強い獣型の魔物すら動きを封じることが出来ますのに。

彼の膂力《りょりょく》はそれを遥かに超えているとでもいうのでしょうか……。

「アルヴィン殿下！　お止めください！　うっ⁉」

「があああああああっ！」

フェルナンド様が慌ててアルヴィン様を押さえ込もうとするも、突き飛ばされて倒されてしまいます。

そして、彼は落ちているナイフを拾って再びライラ様に突撃しようとしました。

「……まったく、シルヴィアの甘さには反吐《へど》が出ますわ。魔雷《スパーク》ッ！」

「うがっ⁉」

イザベラお姉様の得意の雷属性の魔法がアルヴィン様の体を穿ちます。

いやいやいやいや、人間の何倍もの大きさの魔獣を昏倒《こんとう》させる威力ですよ。それは……。

私が甘いのは認めますが、容赦なさすぎではありませんか。

「貴様、あの男のことを。いや、何でもない」

プスプスと少しだけ煙を出して、気絶しているアルヴィン様を見て、さすがのライラ様も引いてしまったみたいです。

イザベラお姉様の凄いところは即断即決で動けるところだと思います。安易にキスして失敗もしているのですが……。

「あなた方、何を日和《ひよ》っていますの？　銀光の枷《シルバーロック》を自力で破るくらいの力を持っていますのよ。魔獣を相手にするくらいの気概で丁度いいですわ。きっと、変な薬か何かを飲まされたのでしょう」

アルヴィン様は薬を飲まされて暴れだしたとイザベラお姉様は推理していますね。獣のように凶暴になっていますから何かをされたことは間違いないと思いますが……。

「薬でしょうか？　何か、もっと恐ろしいものというか、厄介な感じがしますが」

「薬じゃなきゃなんですか？　まぁ、どっちにしろ、気絶しているうちに――」

「があああああああっ‼」

「「――っ⁉」」

お姉様が気絶しているうちにアルヴィン様を拘束した方が良いと提案する前に彼はムクッと起き上がり、再びライラ様に向かっていきます。

言葉にならない声を上げて、ナイフを握りしめて、真っ直ぐに。

「まさか、わたくしの魔法を受けて平気だったとでも⁉」

「いえ、意識は失ったままです。そこから導き出される結論は一つです……」

「「アルヴィン様は何者かに魔法で操られている……」」

傀儡魔法というものがあることは知識として知っています。禁術なのですが、遺体を自在に操る魔法です。

　生きているアルヴィン様を操っていることは解せませんが、一度死んでいる人間ですし或《ある》いは私たちが知らないだけでそういうことも可能なのかもしれません。

「お姉様！　合わせてください！　銀光の枷《シルバーロック》！」

「わたくしに指図しないでくださる？　金輝の鎖《ゴールドチェーン》ッ！」

　私の放った銀色の錠がアルヴィン様の手足の自由を再び奪うのと同時に、イザベラお姉様の放つ金色の鎖が彼の体に巻き付いてさらに拘束力を強めます。

　これくらい頑張ればドラゴンすら身動き一つ取れなくなるはずですから、さすがにアルヴィン様も動きを止めざるを得ないみたいです。

「あらぁ？　アルヴィン殿下ったら、思った以上に役立たずじゃないですか～」

「所詮《しょせん》は使えぬ愚図だからな……」

「ティルミナ！　そして、ニック……！」

　アルヴィン様が暴れだすという騒動がやっと一段落ついたと思っていたら、黒幕の登場ですか……。

　しかし、先程は逃げ隠れしたのに、堂々と現れるなんて。

　幾つもの国を破滅へと追いやった、通称〝傾国の魔女〟ティルミナ。

　ノルアーニ国王の弟にして、国の乗っ取りを企み国家反逆罪で投獄されていた、通称〝黒魔術師〟ニック・ノルアーニ。

現在進行形でこの国を混乱の渦に巻き込もうとしている元凶が目の前に現れました。

んっ？　ちょっと待ってください。この場所は王族やその賓客だけが食事を摂ることが出来るスペースです。

もちろん、兵士たちが厳重に守っていたと思うのですが。

「貴様ら！　我が国の兵士たちをどうした⁉」

「あらあら、ライラ様ったら、眉間にしわを寄せたら可愛い顔が台無しじゃないですか～～。勿体ないです～～」

「ふざけるな！」

質問に答えずに挑発的な言動をするティルミナにサーベルを抜いて怒りを顕《あらわ》にするライラ様。

さっきもこのシーン見ました。この挑発的な言動は彼女の手口なのでしょう。

冷静さを欠いた獲物を死地へとおびき寄せるための……。

「ライラ殿下、抑えてください。あなたの役目は怒ることではありません。この者たちの策略に嵌《は》まらないことです」

手でライラ様を制止しながら、フェルナンド様は淡々とした口調で彼女の怒りを鎮めようとします。

そうです。ライラ様が……、いえ王族の誰かにもしものことがあればナルトリア王国だけでなく、ノルアーニ王国にとっても大いに不味い展開になります。

なんせ、ニックは元々ノルアーニ王家の人間なのですから。

両国間の友好関係を破壊するには十分すぎるほどの口実となるのです。

ティルミナ、いや、特にニックの目的はそこにあるのだと最初から予想されていました。

「むっ……！　分かっている。私が出ずとも、私には親衛隊がいる！　ノコノコと出てきたことを後悔させてやれ！」

「「はっ――――！」」

フェルナンド様の声を聞いて冷静さを取り戻したライラ様は自らの護衛の方々をティルミナとニックの討伐へと向かわせました。

完全再生魔法を操るニックには半端な怪我を負わせても意味がありませんから、彼らも殺気を込めて、剣を振り上げます。

「ティルミナ、例のアレを見せてやれ」

「リクエストにお答えしま～す」

「「おおおおおおっ‼」」

「「――――っ⁉」」

ニックの言葉を受けてティルミナは指をパチンと鳴らします。

すると、彼女の背後から怒号のような叫び声と共にこの国の兵士たちが幾人もこっちに向かって来るではありませんか。

先程のアルヴィン様みたいに自分の意思とは関係なく操られているようにも見えます。

「ライラ様！　お命を頂戴します！」

「ライラ殿下にこの剣をねじ込む！　ねじッ！　ねじッ！」

「死ねぇぇぇぇぇぇぇ！」

「お、お前ら、何を言っている⁉」

「どうしたんだ⁉　急に……⁉」

「ぐぐっ……！　すごい力だ……！」

ライラ様を守っている王族直属の親衛隊は兵士たちの中でも精鋭中の精鋭であり、一般の兵士たちよりも戦闘面において数段優れています。

ですが、ライラ様に襲いかかろうとする兵士たちはアルヴィン様と同様に人並外れた怪力を持っているので、苦戦されているみたいでした。

「殺しちゃった方が楽ですよ～。うふふふ、それでも動きますけど～」

「人間は常に自分の力をセーブしている。自らを傷付けぬようにな。だが、傀儡たちにはその楔《くさび》がない。死ぬまで……、いや死んだとしても、踊り続ける人形」

「素敵でしょう～？　まさしく世界を統べる者に相応しい力です～」

あの口ぶり、やはり傀儡魔法を生きた人間に使っているみたいです。

傀儡魔法を止めるためには……。

「ティルミナとやらの息の根を止めるしかないでしょう」

「もしくは彼女に術式を解除してもらうか、です。お姉様……！」

「あの女はそういうタイプじゃありませんわ。良い子ちゃんのあなたには理解出来ないかもしれませんが」

イザベラお姉様の目つきが変わりました。

先日、私に風魔法を放ったときよりも、殺気を撒き散らしています。

お姉様はティルミナのことを私よりも理解しているのでしょうか？　その上で話が通じる人間ではないと。

「わたくしは、シルヴィア。あなたのことが嫌いです」

「存じています。……残念ですが」

やめてくださいよ。この状況でストレートに嫌いなんて仰るのは。

悲しくて泣いてしまいそうになるじゃないですか。

唐突にそんなこと言われても上手い返しが出来ませんよ。

「……そして、わたくしは、そんなわたくしが大嫌いです。嫉妬と羨望の塊のようなものですから」

「お姉様……？」

「あの女はそんなわたくしを百倍嫌な感じにしたような屑《くず》ですわ。同族嫌悪というのでしょうか？　粉々にしてやりたい気分ですの……！」

なぜ、急にイザベラお姉様がそのようなことを仰るのか理解出来ませんでした。

しかし、この一瞬だけ私はお姉様と姉妹に戻ったような気がしました。

ノーマン家は三百年以上もの間、魔術師の家系としてノルアーニ王国に名を連ねた貴族です。大賢者と言われた祖父以外にも、魔導教授、大魔剣士、魔法博士などという肩書きで魔法史においての重要人物を幾人も輩出していました。

だからこそ、私もイザベラお姉様も先達に学んで厳しい修行に耐え、一流の魔術師になることを義務付けられたのです。

ノーマン家の者は魔術師として勝負を挑まれたら負けることは許されない。

父からそう教えられ、私たちは今日まで鍛錬を積んでいました。

とはいえ、魔術師として勝負を挑まれる状況なんて本当にあるのだろうか、と半信半疑でしたが。

「ニックは後回しにしてティルミナを殺ります。シルヴィア、あなたが陽動しなさい。わたくしが息の根を止めますから」

「お姉様が手を汚されるのですか？」

「良い子ちゃんのあなたでは人を殺せないでしょう。これはノーマン家の長子たるわたくしの役目ですわ」

あっさりと「殺す」という言葉を言い放つイザベラお姉様。

私がいざというとき、躊躇うことを見越しているのでしょう。しかし、しかし、私は――。

「イザベラお姉様、命を奪わずに何とかするという方法はないのでしょうか。私はお姉様にも――」

「ふふふ、そういうところが嫌いなのです。別に良いではないですか。あなたにとっては問題を起こした要らない姉なのですから。わたくしは、わたくしの責任を取るだけです。邪魔をしないで頂けませんか？」

責任を取るというと、アルヴィン様とのアレの件ですよね。

ずっと、私が悪いと言っていましたし、責任を取ると口にしていてもアクションを起こそうとしていなかったのですが、ここに来て一体どういう風の吹き回しでしょう？

「あなたのことを困らせてやりたかった。何でもかんでも上手くやるあなたのことが妬ましかった。だからあなたに奪われたことにしたのよ。全部、あなたが直したもの、全部を。そして、フェルナンド様のことも――」

「………」

「そうしたら、私の中ではあなたは少なくとも悪者になってくれますもの。何でもかんでも、わたくしのプライドまで搾取する妹にね」

知らない人が聞いたら自己中心的な人だとして、軽蔑するでしょう。

私だってイザベラお姉様の鬱々とした感情を全て受け入れることなど出来ません。

仮に受け入れられたとしても、お姉様にとってはそれすらも屈辱でしょう。

「良いから、あなたは何も考えずにあのクズを殺す役目をわたくしに譲りなさい」

イザベラお姉様は有無を言わせない語気で私を黙らせます。

彼女の覚悟は私の想像以上みたいです。私なんかが口を出しても揺るがない固い意志を感じます。

「あらぁ、さっきから聞かせてもらえば、私のことを殺すなんてこと本気で言っているのですか～～？　無謀ですよ～。それは～。――炎帝の槍《グングニル》ッ！」

「「――っ⁉」」

ティルミナが両手を広げて出来上がった魔法陣から召喚されたのは巨大な炎の槍《やり》でした。

燃え盛る炎の槍が、私たちを、自らが操っている兵士たちを、巻き込むことなんてお構いなしに迫ってきます。

この方は本当に人の死について何も感じていないのでしょうか。

「私は～、あなたたちの～、十倍以上の人生を歩んでいますので～。魔術師としての～、格が違う――」

「氷の狼王《アイスフエンリル》ッ‼」

「へっ？」

炎に同程度の大きさの炎をぶつけて相殺する手もありましたが、それだと余波で被害が出る可能性もありましたので、私は大きな氷の狼を炎の槍にぶつけました。

良かったです。上手く消火出来て……。

「ど、どういうことかしら～～？　この私の炎帝の槍《グングニル》はそこらの魔術師に打ち消せるほど、ヤワな性能じゃないというのに～～」

「ふんっ、あの忌々しい男を彷彿とさせる。大賢者アーヴァインをな。……ティルミナ、これがノーマン家の魔術師だ。我らの野望の障害になり得ると言っただろう？」

このまま、この人たちを放っていたら沢山の人たちに犠牲が出てしまいます。

それならば、私もイザベラお姉様と同様に心を鬼にして、覚悟を決めなくてはなりません。お姉様の足を引っ張るわけにはいきませんから。

まずはティルミナを討ち取らなくてはなりませんね……。

彼女は人が死のうと、どうなろうとお構いなしという倫理観が壊れている人です。

「ティルミナ、あれを手に入れるのは私一人で十分だ。お前は逃げていろ。精々、遠くにな」

「あらあらあら～、ニックさんったら、随分とあの娘たちの評価が高いんですね～～」

えっ？　何を言っているんですか？　ティルミナに逃げろなんて、言ったら駄目ですよ。だって、あの人が逃げてしまったら……。

「その方が奴らにとっても絶望を与えられよう。お前を倒さねば、こいつらは永遠に傀儡のままなのだからな」

ニックの言うとおり、ティルミナを倒さなくては傀儡魔法は解けません。

この場に二人が現れたのは幸運だったのです。この手の魔法は術者を見つけることがまず大変ですから。

「うふふふ、わかりましたよ～。ニックさんったら、慎重なんですから～。それじゃあ、後はお願いしま～す」

「「――――っ!?」」

笑顔で窓ガラスを破裂させたティルミナはそこから出て行こうとします。

ここは四階なんですけど、飛び降りるつもりでしょうか。

いいえ、どちらにしても逃がす訳にはいきません。

「待ってください！　あなたを行かせるわけには」

「ふふふ、風魔法で飛んでくるのは凄いですけど～。本当に飛んでいる訳じゃないですよね～～」

「えっ？　そ、空に浮かんでいる？」

私が足から風を噴射して窓から出ようとするティルミナに接近します。しかし、何と彼女はフワリと空高く舞い上がり私を見下ろしました。

これは風魔法を利用した私と違って本当に空中に浮遊している？　空中浮遊を可能とする魔法なんてノーマン家の書庫にあるどんな本にも記載されていないんですけど。

「うふふふ、バイバ～イ」

そして、ティルミナはさらに上空に飛んで行ってしまい、視界から消えてしまいました。

まさか空の上に逃げるなんて。そんなことって。

「ちょっと、あの女！　逃げるなんて卑怯ですわ！」

「困りました。一体どうすれば……」

イザベラお姉様も窓の側に駆け寄って、悔しそうに空中を睨んでいます。

私がもっと早く動いていれば、逃がさなかったのに。なんて間抜けなんでしょう。

「きゅ、きゅーん！　きゅん！　きゅーん！」

（シルヴィア！　あの人を追いかけたいの!?　ルルリア、何とかするよ！）

「る、ルルリア？　今なんと!?」

まんまとティルミナに逃げられて歯噛みしている私にルルリアがテレパシーを送ります。

彼女は何とかすると言っていますが、もはやどうしようもない状況になっています。

私たちの背中に翼でも生えない限り……。

（ルルリア、役に立つよ！　母さんを助けてくれたシルヴィアのために！）

その瞬間、ルルリアは窓から飛び出しました。そして彼女は銀色の光に覆われます。

ルルリア、あなたのその姿は……。

「こ、これはなんですの!?　シルヴィアのペットがこんな……」

お姉様は目を丸くしてルルリアの姿を見ています。私も恐らく目を丸くしているでしょう。

今日は驚くことが立て続けに起こりましたが、これ以上に驚いたことはありません。

「こ、これは神獣・白狐!?　こんな力があったなんて」

フェルナンド様も窓の外にいるルルリアの姿を見て白狐と口にしました。

そうです。彼女は大きな白狐に変身しました。全身が神々しく銀色に光る、神獣に相応しいと呼べる姿に。

（シルヴィア、イザベラと早く乗って！　この姿でいられる時間は短いの！　あの人の匂いを覚えたから追いかけられるよ！）

頭に響き渡るのは紛《まご》うことなくルルリアの声。

彼女に乗ればティルミナを追いかけられる？　ルルリア、私たちのために……。

「フェルナンド様、ライラ様、この場はお願い出来ますか？」

「任せておくがいい。君たちがティルミナを討つまで抑えてみせるさ」

「シルヴィア！　イザベラ！　貴様らは我らに構わず、あの傾国の魔女の息の根を止めるのだ！　あれを見よ！　ニック・ノルアーニは我が国の精鋭たちが食い止める！」

ライラ様の言葉で振り返ると操られていた方々はほとんど鎖で縛られていて、無力化されていました。

暴れていますが、あれでは動けないでしょう。

さすがは大国ナルトリア王国の精鋭たちです。

「我らにお任せあれ！」

「他の者が操られてしまう前に！」

「さっきの氷魔法は見事でした！　こちらは我々が何とかします！」

ここは皆さんにお任せして大丈夫みたいですね。そして、ルルリアはティルミナを追う準備が出来ています。

それならば、私たちがすることは一つしかありません。

「お姉様！　行きましょう！　ティルミナを追いかけるのです！」

「ちょ、ちょっと！　あなた、あんな得体の知れない！」

私はお姉様の手を引いてルルリアの背中に飛び乗りました。

すごいです。どうやっているのかまったく分かりませんが、空中に浮いています。かつてレーゲ山で出会った白狐と同様に。

「ルルリア、あなただけが頼りです。お願いしますよ」

「きゅうううううううん‼」

ルルリアにティルミナを追うようにお願いすると彼女は空中高く舞い上がり、風よりも速く移動を開始しました。

このスピードなら、きっと追いつくでしょう。


「本当にこっちで合っていますの？」

「ルルリアが匂いを追っているって言っていましたから」

「へぇ、あの女。そんなに臭かったかしら」

ルルリアは西へと飛んでティルミナを追いかけます。

以前地図を見た記憶では、こちらには砂漠しかなかったような気がしますが。何か目的があってこちらの方向に逃げているのでしょうか。

「いました！　追いつきました！」

「今度は逃がしませんわよ。魔炎《フレア》！」

ティルミナの姿を捕捉した瞬間、イザベラお姉様は炎を手のひらから放ちました。

彼女は後ろを振り返りもせずに、それを避けます。

「外れましたね、お姉様」

「やかましいですわ。手元が狂っただけですの」

「まさかここまで追いかけてくるなんて〜。意外と頑張るじゃないですか〜。うふふ、いいですよ〜。暇潰しに遊んで差し上げます〜〜」

ティルミナは振り返りニコリと笑って、下の砂漠へと降りました。

どうやら、私たちの相手をするつもりみたいです。ルルリアのおかげです。

私たちもルルリアと共に着地しました。

(ごめん、シルヴィア、ちょっと疲れちゃった。ルルリア、少し寝る……)

「ご苦労様です。あなたの頑張りは無駄にはしません」

ルルリアはかなりの無理をして巨大化していたらしく、すぐに元の大きさに戻って眠りにつきます。

すみません。後で沢山お礼を言いますね。

私とイザベラお姉様はティルミナと対峙しました。

「へぇ、もっと本気で逃げ回ると思いましたが、わたくしたちをまだ侮っているのですか?」

「嫌ですね〜〜。私は世の中の全てを侮っていますよ〜〜。生ける者は皆、私の玩具。知っていますか〜〜?　国が滅びる瞬間って最高の喜劇なんですよ〜〜。うふふふふ」

私はこのティルミナという魔女についてほとんど知りません。

幾つかの国がこの人のせいで滅びたと聞いています。彼女曰《いわ》くそれは自分の快楽のためみたいです。

こんなに思考が理解出来ない人間は初めてです。

「分かりません。そんなことが楽しいと感じることが私には。人が苦しんでいる様子を見て楽しいのですか?」

「あらあら〜〜。あなたは良い子ちゃんなんですね〜〜。よっぽど、これまでの人生が恵まれて来たんでしょう。優秀な魔術師ですから〜、お姉ちゃんと違って〜〜」

「………………」

「お姉様……?」

わざとらしく肩をすくめながら、ティルミナもまた私のことを「良い子ちゃん」だと言います。私が恵まれていたというのは事実です。貴族として生まれて、何一つ不自由はしていませんでしたから。でも、お姉様だって――。

「お姉ちゃんは見るからに欲求不満な人生を歩んで来ていますね〜〜。卑屈さが滲《にじ》み出ていますよ〜〜。妹へのコンプレックスが〜〜。私と同類の匂いがします〜〜。人の不幸が嬉しくなるような、悪い子ちゃん」

「うるさいですわね……、丸焦げにしますよ」

「さっきの魔炎《フレア》は殺意を込めたいい魔法でしたよ〜〜。温室育ちのお嬢様にしては……」

先程、イザベラお姉様の不意討ちを簡単に躱したティルミナ。

お姉様は手元が狂ったと仰っていましたが、私は完璧なタイミングで魔法を放ったように見えました。

あれを避けたティルミナが異様なのです。

「殺意がお好みならいくらでもプレゼントしてあげますわ。……魔炎《フレア》！　魔雷《スパーク》！」

連続して魔法を放つイザベラお姉様。

私も彼女ももっと規模の大きな魔法も使うことは出来ますが、魔力を集中するのに時間がかかりますので、素早く放てる初級魔法を使っているのです。

そもそも、人間を相手にするならば、それで十分なのですし。

「ふふふふふ、捻《ひね》くれた性格なのに随分と魔法は素直ですね～。やっぱりあなたは二流の魔術師です～～」

「あ、当たらない!?　こうなったら――――」

「一流の魔術師を目の前にして、遅すぎなのですよ～～」

イザベラお姉様の魔法を躱し続けているティルミナ。

それに苛立ちを覚えた彼女は大規模な魔法を使うために魔力を集中させますが、ティルミナはその一瞬のスキを突きます。

あまりにも静かに、そして風のように速く、ティルミナはお姉様との距離を縮めたのでした。

「あなたは可愛い子ですから～～。もっと美しくしてあげます～」

「――っ!?」

「お姉様……！」

ティルミナはイザベラお姉様を氷結魔法で氷像に変えてしまいました。

瞬きするほどの刹那の出来事です。

私が割って入るスキもありませんでした。こんなにも簡単にお姉様が魔法を受けるなんて……。

「ふふふふふ、意外ですよ～～。妹ちゃんって、結構ドライな性格なんですね～～」

「……ドライな性格ですか？」

私のことを薄情だとするティルミナ。

彼女はイザベラお姉様を凍らせて得意満面の表情で私を見据えています。

おそらくは自らの勝利を確信したのでしょう。

「だってほら～、お姉ちゃんが凍らされるまで～、黙って見ていたんですよ～。棒立ちで～～。必死でお姉ちゃんが魔法を使っているのも、ボーッと見ているだけだし～。薄情者じゃないですか～～」

そういうことでしたか。私がイザベラお姉様が凍らされるのを見過ごしたことについて言及しているのですね。

それなら、ティルミナはお姉様を侮りすぎですよ。

確かに予想以上にティルミナの動きが鮮やかで、お姉様を助けることは出来ませんでした。しかし、私に目立った動きをするなと言われたのはイザベラお姉様なのです。

「ティルミナさん、あなたは魔力の揺らぎを感知して魔法を躱しています。魔法というのは体内の魔力を糧に発動させるので、そのときにどうしても魔力が術者から漏れてしまって、魔法よりも早く波として伝わってしまいますし、使った痕跡としても残ります」

「それは基本ですね～～」

先程からイザベラお姉様の魔法がことごとく外れていた理由。

それはティルミナの魔力の感知能力が優れていたからに他なりません。

お姉様の魔力の流れを感知して術式の発動を先読みしていたのです。歴戦の魔女を自称するだけはあります。ですが……。

「あなたは過信しました。自分の感知能力を。だからこそ罠に嵌まったのです」

「わ、罠ですって？　――っ⁉　い、いつの間に⁉　銀色の枷が――⁉」

ようやくティルミナは気付いたみたいです。自分の手足に銀色の錠が付けられていることに。

そして、イザベラお姉様が闇雲に魔法を連発していなかったということと、自分の魔法を囮《おとり》にして、私の魔法に気付かせないようにしたことにも。

「実はこれ、あなたも使った手なんですよ。先程、ニックさんの魔法の痕跡に隠して自分の魔法を使いましたよね？」

「そ、そんな～～。人間、一人ひとりの顔が違うように、魔力の痕跡も若干の違いがあります～～。百年以上もキャリアがある私がそれを見逃すなんて～～‼」

それでもティルミナはまだ自分が私の魔法に気付かなかったことが信じられないみたいでした。

どうやらご自分の洞察力にかなりの自信があったみたいです。

「……ずっとお姉様を見てきましたから。魔法くらい真似出来ますよ」

両手両足を拘束されて動けなくなっているティルミナはようやく慌てたような表情をします。

私はイザベラお姉様に憧れていました。

何でも真似をしたかった。持っているものも、魔法も、気高さも……。

「だけど～～。良い子ちゃんに私が殺せるかしら～～。だからさっき、あなたが陽動って言われていたんじゃないの～～？」

ティルミナの言うとおりです。私には覚悟はありません。

そうしなくてはならないと分かっていても、術は無意識に鈍ってしまうでしょう。しかし、諦めた訳ではありません。

「再生魔法《リ・ワインド》……！」

「……そうね。この子には無理でもわたくしなら出来ますわ！」

「――っ⁉」

人に再生魔法は使えませんが、氷なら別です。

お姉様とて修行した身。凍らされてすぐに意識を失うなんてあり得ません。

「雷鳥の爪《ターミガン》――！」

「ぎゃあああああああ～～～～‼」

イザベラお姉様の放った雷鳥の爪《ターミガン》はティルミナの身体を容赦なく穿ちます。

ノーマン家は地水火風、さらに光と闇に加えて雷系統の七属性ある魔法の中で、特に雷属性の魔法について深く研究を重ねています。

雷神の鎚《トールハンマー》や雷鳥の爪《ターミガン》はその研究の中で開発された魔法で、ノーマン家の者しか扱えない秘術《オリジナル》なのでした。

雷鳥の爪《ターミガン》の威力は雷神の鎚《トールハンマー》には劣りますが、殺傷能力としては十分すぎます。

当たり前ですが、お姉様も人に使われたのは初めてでしょう。

本来はドラゴンやサイクロプスといった大型の魔物を一撃で仕留めるために開発された魔法ですから。

そんな魔法が体に直撃して無事でいられるはずがなく彼女は倒れました。


「な、何これ⁉　こ、これはどういうことですの⁉」

「えっ⁉」

雷鳥の爪《ターミガン》によって貫かれた遺体を直視することが出来なかった私は目を背けていたのですが、お姉様の狼狽《ろうばい》したような声に釣られて見てしまいます。

すると、目の前には全身に火傷を負っている銀色に淡く輝く狐が倒れていました。

ルルリアや白狐と似ている。私は直感でそう感じました。しかし、ルルリアたちは人の姿になるようなことは出来ません。

こ、これがティルミナの正体。つまりティルミナは――。

「ただの獣ではありませんわね。〝妖者《あやかしもの》〟と呼ばれる、魔力を得て人の姿を手に入れたという異端の存在」

「〝妖者〟……本当に存在していたとは思いませんでした。てっきり御伽話《おとぎばなし》の存在かと」

「わたくしだって、信じてなどいませんでしたわ。でも、それしか考えられませんの」

子供に読み聞かせるような御伽話にはよく〝妖者〟は出てきました。

悪役として、国に災厄をもたらし、正義の味方に退治されるような。

思えば、傾国の魔女ティルミナはそれを体現した存在だったと思います。

「結局、この方が何をしたかったのか。何故、この国を滅ぼしたかったのか分かりませんでしたね」

「……下らない理由に決まっていますわ。こういう性悪女はあなたみたいな〝良い子ちゃん〟には到底理解出来ない感情を持ち合わせていますの」

お姉様はティルミナの目的を下らないことだと断じました。

そして、それは私には到底理解出来ない感情であるとも。

結果的にティルミナは人間ではなかったですし、だから良かったという訳ではないのですが、お姉様は私が必ず躊躇うであろうことを見越して自らの手を汚そうとしました。

イザベラお姉様は嫌がるでしょうが、私は――。

「お姉様、私の代わりに――」

「これは驚いた。ティルミナが倒されているではないか」

「――っ⁉」

この声は⁉　私とイザベラお姉様は同時に声のする方向に目を向けます。

声の正体は思ったとおりニックでした。

ここに来たということは、まさかフェルナンド様たちは……。

「ちっ……！　せっかく連中の追跡を躱しつつ、これを持ってきたというのに油断して負けているとは。だから、ノーマン家の魔術師を侮るなと言ったのだ。これでは傀儡になった連中も元に戻り追手がこちらに向かってくるではないか」

彼の口ぶりだと、傀儡魔法にかかった人たちが正気を取り戻していそうです。フェルナンド様たちが無事なら良いのですが……。

あれ？　ニックが手にしている剣ってまさか、私が直した宝剣ではありませんか。

ニックたちの目的はあの宝剣だったということでしょうか。

「近付けませんわよ。あなたの完全再生魔法でこの女を蘇生させるわけにはいきません」

「ふんっ……！　油断して負ける役立たずなど助ける義理などない。これの使い方を聞けぬのは惜しいが後でゆっくりと調べよう」

「意外とドライなのですわね。もっと親密なのかと思っていましたの」

そうです。この状況、最悪なのはニックがティルミナを蘇生させること。

絶対にそれだけは阻止せねばなりません。

しかし、やはり宝剣が気になります。彼は何を考えているのでしょう。

「私の目的はノルアーニ王家への復讐《ふくしゅう》。ナルトリアとノルアーニを戦争させて共倒れさせた方が面白いなどというこの女の趣味の悪い余興に付き合ったのは、変な邪魔をされたくないと思ったからだ」

「復讐ですか……」

ノルアーニ王家への復讐ですか。

この人は国王陛下の弟で、反乱分子に祭り上げられて国家を乗っ取ろうとした結果、祖父に捕らえられたと聞いていましたが。

詳しいことは知らないんですよね。

そのことはタブーというか、父も何も教えてくれませんでしたし……。

「あとはこの宝剣の真の力を解放する方法も知っているとのことだったのでな。私が直そうと思っていたのだが、まさかお前が既に直していたとはな」

そしてあの宝剣の使い方をティルミナが知っていたと口にするニック。

真の力とやらが何なのか分かりませんが良くない予感がします。

「ノーマン家の娘共……！　お前らは何も知らないのだろう？　ノルアーニ王家の業の深さも、お前らの祖父が死んだ本当の理由もな――」

「――っ!?」

祖父の死の理由？

気になりますが、会話をしている場合ではありません。

この人の目的は私たちの国を壊すことなのですから。

◆〈ニック視点〉

二番目に生まれてきただけで私の人生は兄の予備でしかなくなってしまった。

ノルアーニ王国は他国を牽制《けんせい》するために一枚岩にならねばならぬと、父上は次期国王となる兄にのみ権力を集中させ、私を冷遇した。

私を冷遇した理由は分かる。

私は幼少の頃から勉学も運動能力も兄よりも秀でていた。

父上はそれが気に食わなかったのだ。次期国王よりもその弟が優れていて良い訳がないと。

父上は兄に英才教育を施した。一流の講師をつけて、一流の授業を受けさせる。

教育というものはよく出来ていて、私と兄の能力差は一瞬で逆転して、そこからは私は優秀な兄に劣る無能な弟というレッテルまで貼られてしまった。

「ニック、お前が優秀なことは分かっている。僕が王になったら、変えてやるから。辛抱していてくれ」

兄はそんな私を憐れに思ったのか、同情めいたセリフを吐く。

それが一番の屈辱だった。「僕が王になったら」……もう敗北確定の未来の後のことなど私にはどうでも良かった。

私はこのまま、兄の影として一生報われない人生を歩むのかと……己の矮小《わいしょう》さを呪ったものだ。

そんな中、私はある人物と出会う。まだ十歳になったばかりのことだ。

「ニック殿下、あなたには魔術師としての素養があります。これから成長すると魔力を暴走させてしまう可能性もありますから、私が魔法学をお教えさせて頂きますね」

アーヴァイン・ノーマン——大陸一の魔術師として名を馳せており〝大賢者〟と呼ばれている男である。

他国では王である私の父上の名は知らなくとも、この男の名前は知っていると言われるほどの有名人。

なんでも若かりし頃、伯爵家の嫡男のくせに国を飛び出して大陸中で人助けをして回ったらしい。

「それでは、よろしくお願いします。殿下……」

柔らかな物腰はこの男の重厚な力強さを際立てた。

彼は自らの力を誇らない。誇る必要がないからだ。

私に初めて出来た講師《せんせい》はそんな男だった。

「非常に筋が良いですよ……！　まさか、再生魔法までマスターするとは。私にもニック殿下と同じくらいの息子がいるのですが、あの子にも殿下のひたむきさを見習ってほしいものですねぇ」

アーヴァインはよく笑い、よく褒め、私の努力を認めてくれた。

この男には私と同じくらいの年齢の息子がいるらしい。

ノーマン家は魔術師の家系として有名だからな。そいつも修行を積んでいるのだろう。

大賢者アーヴァインと過ごした時間は私の人生の中で唯一楽しいと言える瞬間だったのかもしれない。

「父上！　何故ですか⁉　何故、これ以上、アーヴァインから魔法を習ってはならないのですか⁉　私には魔法の才があると、あの大賢者が認めてくれたのですよ！」

「自惚《うぬぼ》れるな！　愚息が！　そうやって調子に乗ることが目に見えたからだ！　お前のような反抗的な男は、なまじ、中途半端な力を身につけると、ろくなことにならん！」

しかし、父上は私がアーヴァインに師事することを良しとしなかった。

元々、魔力のコントロールをマスターさせれば良い話だったとはいえ、如何にも急な話だった。

そう、父上は本当に私のことを敵視しているのである。

私が力をつけると国に災いをもたらすと本気で信じ込んでいたのだ。

それだけの理由で、父は私の唯一の安らぎの時間さえ奪ったのである。

「それならば、望みどおりにしてやる……」

幸い魔法の基礎は習った。

高みにいるあの男の凄さも知った。

あとは一人でも大丈夫だ。魔術師であること、あの男を追いかけ続けることは私が私であることの証明。

偉大なる大賢者を超えて、私はこの国の頂《いただき》へと駆け上がる。

幸い、父上の権力の過剰集中に反発している人間も多い。

今は大人しく影に徹しながら、下剋上《げこくじょう》の機会を探ろうではないか。


そして十年以上の月日が流れる。

父上は既に引退して兄が国王になった。

満を持して、私は動く。この国に虐げられていた復讐心をぶつけるために。

私が大賢者の後継者として相応しい力を持つに値することを証明するために。

父が引退して以降は兄からの監視は緩くなった。

立場的には政治的な権力を何ら持たない傀儡王族と呼ばれるような存在だったが、自由を得るのは大きい。

私は王都から辺境まで様々な領地を見て回ることとなる。

反乱を起こすのは簡単だった。

国王に権力を一点集中させたことによって、冷遇された貴族たちが私の味方をしたのだ。

特に王族との距離が遠い下流貴族の連中は私を救世主だと崇めた。

私の再生魔法は荒れた農地をも豊かな大地に戻すことが出来る奇跡の術として領民からの支持を得る手段となる。

「最近、評判が良いじゃないか。凄いな、再生魔法というのは。大賢者アーヴァインしか使えないと聞いていたが」

「私は兄上と違って暇ですからね。……領民の人気取りのような点数稼ぎは嫌ですか？」

どうやら兄は私の評判を聞いたらしい。

あんなパフォーマンス。私の計画を実現させるための目くらましなのだが、それにも気付かんとは。

「まぁ、そう言うな。僕はお前のことを買っているんだから。よく腐らずにいてくれたな。大丈夫、僕がそのうちお前にはそれに相応しい権力を――」

「兄上は私よりも優れているとお思いなんですね。なるほど、滑稽だ。私に恵んでやろうという言葉が出るのだから」

「おいおい、何を言っているんだ？　別にそんなことは思っていない。そもそも、どっちが優れているとか、劣っているとか、そんな話なんてどうでもいいだろ？」

ああ、やっぱりこの男は何も分かっちゃいない。

私がその優劣のせいでどんなに苦しんだのかということを。

どっちが優れているのか、という話なんだよ。私はずっとそればかりが頭に残っていたんだよ。

私自身が無能なら諦めはついた。

卑屈になって無能なんだと思い込もうとすらした。

唯一、才能を認めてくれた師はいなくなってしまった。

「私にとっては重要なことなんですよ。果たして兄上が上なのか、私が上なのか。決着をつけましょう」

「――っ⁉」

私は反乱分子を率いてクーデターを起こした。魔法はいい。

素晴らしい力を手に入れたものだ。

何人もの兵士を殺して、私はこの圧倒的な力に酔いしれていた。

他人の人生を、雑草を摘むがごとく簡単に終わらせることが出来る、この力。

どうして、今日まで振るわなかったのだろうか。

いつの間にか私は〝黒魔術師〟と呼ばれるようになっていた。

世間的には闇に落ちた反逆者なのだそうだ。

だが、歴史は常に勝者が決める。

私はこの国の頂点に君臨して、支配者として新たな王道を歩む。

そうすれば、もう誰も私を兄の予備だとは思わなくなるだろう。

誰も私を止めることは出来ない。そう、あなたですら。

「はぁ、はぁ、ようやく追い詰めましたよ。ニック、大人しく投降しなさい。あなたには魔術師としての心構えをちゃんと教えたはずです。大いなる力を振りかざせば、必ずやしっぺ返しが来ると」

アーヴァイン・ノーマンは甘い男だった。

反乱分子すら殺さずに拘束して、生かしておくような。

そのため、私のもとに辿り着いたときは魔力はほとんど失われており、体力的にも初老に差し掛かっている今はピークはとっくに過ぎていて、息を切らせていた。

全盛期ならともかく、今のアーヴァインは敵ではない。

そう思っていたが、この男は予想外の力を発揮して、私を追い詰める。

「何故だ⁉　何故、まだ強力な魔法が使える⁉」

「教えていませんでしたっけ？　魔力が切れた魔術師にも魔法を使うことが出来る最後の手段が残っていることを」

「ま、まさか、あなたは。生命力を燃やして魔力を補っているのか……⁉」

気付いたときには私は敗北していた。命懸けで戦ったこの男に。

完敗であった。負けた言い訳はしない。アーヴァイン・ノーマンは偉大なる魔術師だからだ。

だが、生命力を燃やした魔術師がどうなるのか、その末路を知っていた私は納得していなかった。

「何故だ？　なんで、命を引き換えにしてでもこの国を守ったんだ？」

「ノーマン家にはノルアーニ王国の存続のために命を尽くす義務がありますから」

「――っ⁉　たったそれだけのために」

私は嫌悪した。ノルアーニ王家の横暴さを。

私がもっと早く王家を潰していれば。

投獄されてもなお、私のノルアーニ王家への恨みの気持ちと、それに素直に従ったアーヴァイン・ノーマンの奴隷根性が許せなかった。私は復讐する。なんとしてでもこの国に、ノルアーニ王家に。

第五章　亡き祖父の教え

私たちの祖父、アーヴァイン・ノーマンはニックを投獄してすぐに、病に倒れて衰弱死したと聞いていました。

元々、体が良くないのに年甲斐もなく無理をしたのだとお父様は仰っていましたが。

ニックの言う「国に殺された」という発言の真意は分かりませんけれど、この人を止めないと大変なことになるのは明白です。

「ほほう。やる気満々という顔だな。だが、シルヴィア・ノーマンよ、お前一人では私を相手にするのは無理だ。ティルミナを殺ったのはお前の姉なのだろう？」

「なぜそれを？　それに私は一人では――」

イザベラお姉様が雷鳥の爪《ターミガン》を使ったとき、まだニックはこの場にはいませんでした。

私とお姉様の会話から推測したにしては断定的ですし、何よりも気になるのはまるで私が一人でニックの相手をしなくてはならないという口ぶりです。

「観察力は鍛えた方が良いぞ。なまじ優秀だから周りが見えないと言われていないか？　イザベラ・ノーマンは魔力が枯渇している。魔術師の余剰魔力は瞳の曇り加減から推測するのは常識だぞ」

「お、お姉様……？」

「うるさいですね。これくらい平気ですわ。うっ……」

そうでした。雷鳥の爪《ターミガン》も大量の魔力を使う魔法ですが、その前に氷漬けにされていましたね。

恐らく、そのときの生命維持にもかなりの魔力を消費したのでしょう。

それなのに、弱い私の代わりにイザベラお姉様はティルミナにあんな大掛かりな魔法を。

「シルヴィア・ノーマンよ。再生魔法が使えるほどの才気を見せているが、お前は所詮、一流の魔術師にはなれん紛《まが》い物だ。魔術師とは人から神へと一歩近付いた存在。人を殺す覚悟もないお前にはその自覚が欠けている！」

なんと傲慢な考えでしょう。魔術師がそれほど上等な存在だとは思いません。

力に溺れて、その力を悪用して、人の命を簡単に奪ってしまう人間が偉いなんて間違っています。

しかしながら、この人を生かして拘束する手段も分かりません。

捕まえることが出来ないのなら、命を奪ってでも止めなくてはならない相手だということは分かっているのですが。

私がお姉様の言うような「良い子ちゃん」だから、こんなにも窮地なのでしょうか。

「追手も迫ってきているし、紛い物の相手をするのは面倒だ。長話をするのもな。私はノルアーニ王国を今度こそ滅ぼす。少しだけ延びた寿命を大事にするんだな」

「……待ってください！　このまま、あなたを放置する訳にはいきません！」

ニックが国を滅ぼすと口にして、私たちのもとから離れようとしたとき、ドス黒いものが自分の心臓から吹き出るような気がしました。

これは嫌悪感ではありません。

悪意というのか、殺意というのか、憎悪というのか、言葉に出来ないような真っ黒な感情。

こんな気持ちにならないと止められないのですか。こういった感情を持たないと本物の魔術師になれないのですか。

私には分かりません。ですが、ここでニックを——。

「飲まれてはなりません！　シルヴィア！」

「——痛っ!?　お、お姉様？」

その瞬間、私はイザベラお姉様に頬を打たれました。

彼女の目は虚《うつ》ろで今にも倒れそうなのに、その平手打ちは熱くてとても痛いと感じます。

「あなたはそのまま〝良い子ちゃん〟でいなさい。じゃないと悪態がつけないじゃありませんか」

「…………」

「あんな男の言うことなんて薄っぺらい戯言《ざれごと》ですわ。いい歳して恥ずかしくないのかっていうくらい。殺さない人間の方が上等に決まっているじゃありませ……ん……、か」

イザベラお姉様は私に声をかけた後に、倒れてしまいます。

当たり前のことを、当たり前だと感じられなくなっていた異常性をお姉様は正してくれました。

いつも冷たくあしらわれるのに、どうしてこんなにも温かいと感じることがあるのでしょう。

「なんだ、死合う気になったのではないのか……。煽《あお》ってみたが、つまら――」

「岩巨人の鉄槌《ゴーレムハンド》……！」

「へぶぅっ⁉」

もう私は迷いません。私は、自分が正しいと信じた方向に真っ直ぐに進みます――。

岩巨人の鉄槌《ゴーレムハンド》、巨大な大理石で出来た拳でニックを叩き潰します。

同じ手に二度と引っかからないと言っていたのに簡単に引っかかったのは意外でした。案外、うっかり者なのでしょうか。

「無駄だと言っている！　そんな単調な攻撃で〝黒魔術師〟を――」

「岩巨人の蹴撃《ゴーレムキック》……！」

「ばむっ⁉」

今度は下方から大理石で出来た足でニックを蹴り上げました。

痛そうな顔をしていますけど、また完全再生魔法で治していますね。

死者をも蘇生させ、どんな致命傷も一瞬で治し、そして自らの体を若返らせることを可能とする魔法。

古代人は最初、不老不死の研究の末にこの魔法を作ったとされています。

しかしながら、人間に使うことを禁じようと制限をかけた。

それはこの世の摂理を覆せば、滅びのときが早まるだけだと分かったからだそうです。

凄く便利だと思います。大事な人が死んだり、大怪我を負ったり、そんな状況でこの魔法があったなら、縋《すが》ってでも使ってほしいと頼む人もいるはずです。

だけど、禁忌とされたのは人の無限の欲望は歪めると悪意に飲まれることが分かっていたからだと、お祖父様は言っていました。

『シルヴィア、力を過信してはいけません。飲まれず、欲せず、加減することを覚えなさい』

自らの器量を超える力を持つと、力に動かされるようになってしまう。

なるべく、手のひらに収まるように、加減して、自分の制御可能な範囲で小さくまとめなさいという祖父の最期の教え。

そうしないと自分を見失うことになるから。

ニックは強大な力に溺れていて、それを持て余して、暴走しているように見えます。

「加減するとはやはり二流だな。本当の殺意というものを見せてやる。大魔炎《ギガフレア》ッ！」

「終焉の魔炎《レクイエム・フレア》──！」

「はぁっ⁉」

空中でニックが魔法陣を展開させて炎を放ったので、私も魔法陣を空中に向けて展開し、それよりも大きな炎を纏った岩石を放ちました。

岩石はニックの放った炎を飲み込んで、彼の方に飛んでいきます。

ニックは私が反撃したのが予想外だったのか、びっくりしたような表情を見せました。

「だが、私にはそんなもの効かない！　破壊魔法《ブレイク》ッ！」

しかしながら、ニックは破壊魔法でそれを消滅させながら、私の方に猛スピードで距離を詰めてきます。

一気に勝負を決めるつもりみたいですね……。

「雷神の鎚《トールハンマー》‼」

「なっ⁉　破壊魔法《ブレイク》‼」

ニックを十分に引きつけて、私は彼に向かって雷神の鎚《トールハンマー》を放ちました。

彼はまたしても驚いた表情をした上で、右手を突き出して破壊魔法でそれを消滅させようと抑え込みます。

それでも雷神の鎚《トールハンマー》は照射され続けますので、私とニックは膠着《こうちゃく》状態となりました。

ニックを捕まえる方法。実は一つだけありました。

完全再生魔法も破壊魔法も魔力を使って発動させています。

それならば、彼の魔力を空っぽにさえすれば、彼を無力化させることが可能なのです。

魔法の使用を封じる枷さえ付けてしまえば、その後、彼の魔力が戻っても何も出来ません。

お父様が最初に雷神の鎚《トールハンマー》を放ったとき、彼が撤退したのもそうなることを恐れて……、でしたから。

そのとき分かったのです。体力や寿命すら元に戻してしまう完全再生魔法も、唯一〝魔力〟だけは元に戻せないということが。

魔力を使って魔力を戻すという矛盾だけは解消出来なかったみたいです。

そして、あのときから今まで、まだ数時間しか経っていません。

つまり、ニックの魔力量はピーク時よりも少ないのではと、予想出来ます。

それならば、彼に魔法を使わせ続ければ魔力を枯渇させることはそれほど難しくないと、私はその可能性に賭けてみました。

「分かったぞ、お前の狙いが。私の魔力切れを狙っているのだな。しかし、雷神の鎚《トールハンマー》など、未熟者のお前が使ったとてそう長く保《も》たんだろう」

「かもしれませんね。でも、あなたを殺さずに捕まえることが出来るなら、私はこんなリスクくらい背負います。お祖父様が加減することの方が難しいと言われたのはこういったことなのでしょう」

魔術同士のぶつかり合い。

お互いに自身の魔力が尽きるまで、魔法を放ち続ける覚悟で挑んでいます。

ノーマン家に伝わる秘術、雷神の鎚《トールハンマー》。確かにまだ、私には荷が重かったのかもしれません。

申し訳ありません。お父様、イザベラお姉様、そして、フェルナンド様……。

あと一歩のところで私は——。

「何という娘だ。間違いなく、才能だけなら私やアーヴァインをも凌駕《りようが》する。だが、私の勝ちだ！　ここで死ぬが良い！」

雷神の鎚《トールハンマー》という魔法によって奪われる体力は想像以上でした。

魔力には若干余裕があっても立っていることが出来なくなってしまったのです。

目を閉じて、私は死を覚悟しました。

でも、そのときは一向にやって来ません。

それに今、誰かに抱きかかえられているような……。

「ぐはっ⁉　き、貴様〜〜！」

「まったく、君は無茶ばかりする。私たちが到着するまで時間を稼ごうという発想はなかったのかい？」

「フェルナンド様……」

気が付くと私はフェルナンド様の腕の中にいて、ニックは腹を剣で刺されて苦しそうな表情を浮かべています。

すぐに完全再生魔法を使わない？　まさか、魔力が切れかけている？

「よく頑張ったね。君がいてくれて本当に良かった」

優しく頭を撫でられて、私は安心してしまいました。

こんなときですが、頑張ったご褒美としてもう少し甘えても良いでしょうか。

「すぐにあんな傷くらい治すと思っていたけど」

ニックの様子を見てフェルナンド様は疑問を口にしました。

完全再生魔法でどんな致命傷も一瞬で治し、破壊魔法でどんなものも破壊する。

そんな無敵に近い魔術師である彼でしたが、どうやら魔力の量が限界に近付いているみたいで

す。

「ニックさんは魔法の使いすぎで魔力を失いかけています。目の濁り具合を見てください」

それは皮肉にも少し前に彼が私に指摘したことでした。

イザベラお姉様もまた、魔法の使いすぎで倒れてしまわれた。

そのときの彼女と同様にニックのルビーのような赤い瞳は色あせて、薄暗い光を放っています。

「調子に乗るな、お前も同じようなものではないか。魔力が枯渇して先に倒れたのはお前だろ？」

いつの間にかニックの周りには親衛隊の方々も到着しており、彼に剣や槍を向けていますが、彼はジッと私を睨み続けています。

どう考えてもここから彼の逆転はないと思います。

何か他の手でも用意しているのでしょうか。とてもそのようには見えませんけど――。

「魔術師としての勝負は私の完敗です。ニックさん、これでもう終わりにしませんか？　あなたは優れた魔術師でした。ですが、道を誤った。もう認めましょう。素直に投降してください」

私はフェルナンド様に地面に下ろしてもらって、ふらつきながらもニックに言葉をかけます。

ニック・ノルアーニに残された道は殺されるか、捕まるか。もちろん、捕まっても今回ばかりは極刑は免れないでしょう。

でも、私は彼に罪の意識を持ってほしいのです。自分の怒りに任せて全てを壊そうとしたことへの。

「ニック・ノルアーニ、私はノルアーニ王国の辺境伯、フェルナンド・マークランドだ。シルヴィアが命懸けで守ったあなたの命、粗末にすることを私は許さない」

「──っ!?」

フェルナンド様はニックに対して、私が彼の命を守ったと仰せになりました。

はて、守りましたっけ？　魔力を枯渇させる作戦が失敗して殺されかけはしましたが。

何のことやらさっぱり分かりません。

ですが、ニックはフェルナンド様の言葉を聞いてみるみる顔を赤くして、震えだしました。

「……くそっ！　ずっと分かっていた！　この私が手加減されていた、と！　何たる屈辱！　こんな小娘が！　自分よりも遥かに高みにいながら、敢えて蟻《あり》を踏み潰さないように優しく戦っていたことを！　あのときと同じだ！　アーヴァイン、あの男も命を燃やしながら、私を殺さぬように加減を！」

ニックは突然、悔しそうな声を出して、ずっと左手で握りしめていた宝剣を投げ捨てて膝を突き地面を叩きます。

手加減というか、間違って殺してしまわないように努力はしました。

お姉様にも「良い子」のままでいなさいと言われましたし。

「何が完敗だ！　お前の姉がお前を疎んじていた理由がよく分かる！　私は、私は、見下されるのが、一番嫌いなのだ！　もう、これ以上、恥辱に塗れてなるものかーーーー！」

腹に刺さった剣を抜いて、周囲は警戒を強めましたが、彼は自らの心臓に向かって剣を突き刺そうとしました。

まさか、自殺をしようとするとは。こんな終わり方、認めるわけにはいかないのに――。

「いい加減にしろ！」

「へぶぅっ⁉」

えっ？　フェルナンド様……？

何ということでしょう。フェルナンド様は音を置き去りにしてニックとの距離を詰めると一瞬で剣を蹴り上げて、彼の顔面を思いきり殴り飛ばします。

「あなたにもあなたのプライドがあるのかもしれない。だが、自らを裁くことは許さない！　私の婚約者は殺されることよりも、殺さないことを優先した。私はそれが誇らしいし、何よりも尊いものだと信じている！」

「………」

完全に気絶していますね。

もしかして、殺さずに気絶させることが出来たら、もっと上手く拘束出来た？

いえ、岩巨人の鉄槌《ゴーレムハンド》でも平気な顔をしていた人です。痛みには強い方のはずでした。

完全再生魔法による怪我の瞬時再生が出来ないとしても。

魔力の使いすぎと、腹からの出血も重なって、体力に限界がきたと推測するのが妥当でしょう。

「ニック・ノルアーニを拘束してください。あとで、国王陛下にノルアーニへの送還について交渉しますので、その手配もお願いします」

フェルナンド様は倒れたニックを一瞥して、唖然としている親衛隊の方々に指示を出しました。

どうやら皆さん、フェルナンド様の実力にびっくりしているみたいです。私はレーゲ山で見て知っていましたが。

「シルヴィア、悪かったね。君の手柄なのに私が横取りしたみたいな形になってしまって」

「いえ、万事丸く収まれば私は何も」

フェルナンド様は苦笑いしながらハンカチで拳を拭いて私に謝りました。

別に手柄とかそんなことはどうでも良いのです。私はフェルナンド様が無事だったと知れてそれだけで……。

「望まないか。やれやれ、そんなところが君の魅力なんだけど。もう少し欲深くなっても良いんだよ」

「では、全ての後始末が終わったら二人で何か美味しいものを食べに行きましょう」

「あはは、それはいい。この国でのオススメの店は色々と知っているんだ、また案内するよ」

こうして、ニックとティルミナによって引き起こされた大事件はひとまず幕を閉じました。

お姉様は倒れられていましたので、親衛隊の方に王宮へと運ばれます。

ティルミナの遺体はいつの間にか灰になっていました。妖者とはそういうものなのか、よく分かりませんが……。

ニックは魔法を封じる錠を手足に嵌められて拘束。独房に収監されました。

フェルナンド様はこれから国王陛下に彼をノルアーニで裁かせてほしいと頼むみたいです。

私もルルリアを抱えてフェルナンド様と共に王宮へと戻りました。

◆

「アルヴィン様はどうされています？」

王宮に着いてから一休みした私はアルヴィン様のことを思い出してフェルナンド様に尋ねました。ティルミナに操られてライラ様を殺そうとした彼ですが、傀儡魔法は既に解けているという話は聞いています。

あれだけ暴れ回ったのですから、体に異常も出そうなものです。

「殿下は体中を痛めてしまったみたいだよ。骨折した箇所も多いと思われる。限界を超えた運動をしたのだから当然だが」

「やはりそうですか」

「今は治療を受けているはずだ。すまないね。そこで時間を取られなかったら、もう少し早く駆けつけられたのだが」

「いえ、本来なら魔術師である私たちが決着をつけなくてはならない相手だったはずです。手を貸して頂きありがとうございます」

ナルトリア王国は北部の国とのいざこざで腕の良い魔術師たちは軒並み遠征中だったとのことです。

親衛隊の中にも魔法の心得がある者は少なく、また私たちのように貴族で魔術師の家系というのは珍しいらしく、王都には魔術師という人材が枯渇していました。

恐らく、ティルミナはそのタイミングを狙ったのでしょう。

国の中枢が魔術師というものに対して無防備になる瞬間を。いえ、もしかしたら――。

「どうやら北とのいざこざも今考えると不自然だったらしい。それ自体がティルミナの仕組んだことなのかもしれない」

「だとしたら、彼女はかなり慎重に事を進めたということになりますね。一体、目的は何だったんでしょう？」

「ライラ殿下をアルヴィン殿下に殺させて、戦争を起こさせることが一つの目的だったんだろう。そしてあの宝剣だ」

あの宝剣は気になっていました。なんせ、私との戦いのときも片時も手放していませんでしたから。

真の力を解放とか言っていましたけど、どういうことでしょう。

「ナルトリア王国に伝わる宝剣には大いなる力が封印されているのだそうだ。その封印は西の砂漠にある遺跡で何かをすれば解けるらしいのだが……、ティルミナはその秘密を知っていたらしい」

「その秘密ってなんですか？」

「それは教えてもらえなかった。どうやらこの国のトップシークレットで知る者は少ないみたいだ」

ティルミナは前国王の妻でしたしこの国の秘密を知っていてもおかしくないでしょう。そして、ニックは再生魔法が使えます。壊れた宝剣を直すことが出来るのです。

つまり二人で手を組んで宝剣の大いなる力とやらを手に入れようとした。そういうことでしょうか。

「私はこれからライラ殿下に報告に行くつもりだが、君も来るかい？　まぁ、ライラ殿下も宝剣のことは教えてくれないだろうが」

「ライラ様は今、どこに？」

「アルヴィン殿下のところにいるはずだ。一応、まだ婚約者だしね」

一応はまだ婚約者、ですか。

どうなるのでしょうね。一体、これから。イザベラお姉様とアルヴィン様が浮気をしたのは事実ですけど、そんなことが些事《さじ》だと感じられるほどのことが起きてしまいましたし。

いいえ、だからといって許されるとかそんな理屈ではないのですが。

「私は許しておらんぞ。アルヴィンのこともイザベラのことも」

「そうですよね……」

「なんだ？　期待していたのか？　今回のことと二人のことは全くの別問題ではないか」

正論です。淡い期待をする私の方が厚かましいのは分かっています。

でも、きっぱり言われると絶望感が増してしまいました……。

「だが、イザベラはあの傾国の魔女を討伐したのだろう？　認めたくないが、本来なら勲章を与えるレベルの功績だ。父上のことだから、望みのものを与えるとか言うだろうな」

「陛下は器が大きいですね」

そうなのですか。ティルミナは先代の国王を誑かして王妃にまでなった人物。

そして、一度はこの国に壊滅的なダメージを与えた怨敵です。

お姉様がその恨みの対象を見事に討伐したのなら、恩賞が貰えて然《しか》るべきといえば、然るべきなのでしょう。

なんでも望むものを……。お姉様は何を欲しがるのでしょうか。

「まぁ、そのときにあの高慢な女が私に許しを乞うのなら許してやらんでもない。特別にな」

「なるほど。そういうことでしたか。しかしお姉様は素直に許しを乞うでしょうか……」

プライドの高いお姉様ですから、恩賞としてライラ様に許してほしいと言うのかどうか不安ではあります。

逆に喧嘩を売るようなことをするのではと――。

「謝罪を受け入れてほしいと願うに決まっているではありませんか。それ以外に選択肢がありますの？　常識的に考えて」

「お、お姉様!?」

「ほう、貴様のような女に常識が語れるとは思わなかったな」

「これは失礼しました。非常識なわたくしですが、許してくださいまし、お姫様」

倒れたときは心配しましたが、元気そうで何よりです。

少しだけ元気すぎるような気がしますが。

◆

ライラ様の仰るとおりナルトリア国王陛下はイザベラお姉様の功績を褒め称えました。

そして、恩賞として何でも望みのものを与えるとして彼女はライラ様に自らの謝罪を受け入れてほしいと望みます。

「ライラ、どうなのだ？　この娘の謝罪を受け入れるのか？　これぱっかりは娘の意思も関わるからのう。ワシの一存ではなんとも言えんのだ。ガハハハハ！」

豪快に笑いながら陛下はライラ様に問いかけました。

お姉様を許してくださるのかどうか。

昨日は許してくれると仰せになりましたが、イザベラお姉様も止めておけば良いのに挑発的なことも述べましたし……。

「一度、振り上げた拳を下ろすのは遺憾ですが、この女に命を助けられたこともまた事実。水に流しましょう」

「ライラ様の寛大な御心に感謝しますわ」

「貴様の薄っぺらい世辞など要らん」

恭しく頭を下げるお姉様ですが、ライラ様は憮然とした顔をしています。

納得はいきませんよね。さすがにあんな態度ですし。

でも、お姉様はどうして最近ああなってしまわれたのでしょう。

私の前ではわがままを言ったり、嫌な感じを出したり、ということは多々あったのですが、公の場では淑やかで、凛《りん》としており、物腰も柔らかでした。

「イザベラのやつ、荒れているな。前に会ったときはあんな感じではなかったが」

「アルヴィン様との件が明るみになってからだと思います。私と会うなり、魔法で攻撃してきましたから」

フェルナンド様もイザベラお姉様が以前と感じが違うと口にします。

短気になったと言いましょうか。何でも正直に話すようになったと言いましょうか。

「ふふ、もうこうなってしまった以上、飾ったところで無意味でしょう？」

「もうこうなってしまった以上？」

私とフェルナンド様の会話を聞いていたのか、イザベラお姉様は自嘲しながら飾っても無意味だと言います。

お姉様は何か飾ったようなことをしていたのでしょうか……。

「ライラ様が許したって関係ありませんわ。そりゃあ家としては関係大アリですけど、わたくしの評価は王女殿下の婚約者に手を出した馬鹿者。妹に魔法で攻撃して投獄された腫れ物ですかあなたに嫉妬して、捻くれて、イライラをぶつけることしか出来ない、馬鹿な女。もう隠す必要がないじゃありませんか」

「ちょっとはフォローしなさいよ。嫌な子ですね。……とにかくこれがわたくしの本性なのです。

「それはそうですけど……」

ら」

つまり正直に生きている結果が今だと。

外でも開き直って自然体でやっていくつもりなんですね。

私なんかに嫉妬していたというのは釈然としませんが、そういうことですか。

「イザベラ、君は単純にシルヴィアに意地悪をするつもりで私と婚約を破棄しようとしたのかい？」

「……ええ、そうです。シルヴィアが泣きつくのを待っていましたわ。まさか、あなたがそれを受け入れると思いませんでしたから」

「それで、アルヴィン殿下と？」

「はい。どうしてもシルヴィアよりも上にならないと気が済まなくて。第二王子夫人になれば、何かが満たされると思いましたの。結果として墓穴を掘ることになりましたけどね」

まさか、本気で私に意地悪をするだけの目的でフェルナンド様と婚約破棄されたとは。

思った以上に嫌われていたことは知っていましたが……。

執念とか、憎悪とか、そういうのには縁がないと思っていただけに、まだお姉様のこういった気持ちには慣れません。

「お姉様、私はその……」

「あなたはざまぁみろ、と思っていれば良いのです。……わたくし、ノーマン家と縁を切りますわ。お父様に勘当してもらうつもりですから」

「えっ？　そ、そんな⁉　だって、お姉様はライラ様に許しを――」

「許しを得たのはノーマン家の名誉を守るため。自分で蒔《ま》いた種とはいえ、馬鹿者、腫れ物として貴族社会を生きるくらいなら、平民として国を離れて生きた方がマシです」

何ということでしょう。

イザベラお姉様は自らを勘当するように父に申し出るつもりだと自分の意志を口にしました。

お姉様にとってこのまま家に戻ることの方が耐えられないということみたいですが、思いもよらない発言にびっくりしてしまいます。

「お父様の体力が回復したら話しに行きます。もう決めましたから」

意志の込められた瞳は美しいと感じるほど澄んでいて、お姉様はスッキリしたような表情をしていました。

こうなることを望んでいたようなそんな感じです。

「イザベラ・ノーマン、貴様がこの国に残るなら宮廷魔術師として雇ってやっても良いぞ」

「あら、ライラ様ったら。聞いていましたの？　今、空耳でなければ王宮で雇いたいと仰せになられましたか？　わたくしのこと、お嫌いだとばかり思いましたが」

「嫌いな人間をこき使ってみたいと思ったものでな」

「それは崇高なご趣味をお持ちですこと」

何やら話がどんどん知らない方向に進んでいますが、思ったよりもライラ様とイザベラお姉様は波長が合うみたいです。

あとは、アルヴィン様の問題が残っていますね。

そろそろ話ぐらい出来るようになっていると思うのですが。

エピローグ

◆〈アルヴィン視点〉

うううう、痛い～、痛い～、体中が死ぬほど痛い～。

息をするだけで痛い、寝返りを打つだけで痛い、何をしても痛い。

体中の骨が折れていたとか言われたけど訳が分からん。

あの美人な魔女にキスされて、首を吊って、生き返ったとか言われて、気付いたらベッドの上でこの有様。

意味が分からん。

なんで品行方正で慎ましく、正義感を持って暮らしていただけの僕がこんな目に遭わなきゃならんのだ。

「アルヴィン、ようやく目を覚ましたな」

「ライラ！　痛みを和らげる治癒魔法とかあるだろう？　シルヴィアを、シルヴィアを呼んでくれよ！」

そうだよ。なんで、僕はこんなにも痛い目を見なきゃいけないんだよ。

シルヴィアは治癒魔法の達人だと聞いたぞ。ノルアーニ王国で一番の使い手だと。

あいつ、この僕のことをナメているんだろう。

だから、わざと怪我を治さずに放置しているんだ。そうに違いない。

「いや、シルヴィアはすぐに治癒魔法でお前の全身の骨折を治したぞ。このままだと絶対に死ぬって」

「骨折が治っただと⁉　馬鹿言うな！　じゃあ何でこんなにも痛いんだ⁉」

僕を騙すのもいい加減にしろよ。

全身がボロボロで息をするだけで激痛が走るんだぞ。

こんな状態にしておいて、治したとか怠慢もいいところだ。

人をナメるのも大概にしろ！

「どうやら、本来死体にかける魔法である傀儡魔法をかけられた後遺症らしい。限界を超えた運動を魔力によって強制させられたから、全身に魔力の拒否反応が出るのだそうだ。魔力を持たぬ人間が大量の魔力を浴びるとそうなるのだと」

意味不明だよ。そんな後遺症とか聞いたことがない。

適当なこと言いやがって。それも治せよ、国一番の使い手のくせに役立たずだな。

あー、痛い、痛い、痛い、痛い。

いつまで、こうなんだ？　明日には治るのか？

「まぁ、個人差はあるが一ヶ月もすれば痛みも和らぐみたいだぞ」

「一ヶ月も⁉　冗談じゃない！　こんなの耐えられるか！　あのクソ役立たずが！」

「命を救われておいて、その言い草か⁉　これ以上、私を失望させてくれるな！」

「黙れ！　全部あいつのせいじゃないか！　あいつがフェルナンドをイザベラから盗るような真似をしなかったらこんなことにはならなかったのに！」

そうだよ。シルヴィアが僕の命を救ったと傲慢にも思っているのなら、それこそお門違いも良いところだ。

あの女が大人しくしていれば、そもそもこんなところに謝罪になど来ることにはならなかったんだからな。

段々とムカついてきた。全部あの女が悪いんじゃないか。

「だからなんだ？　それでもキスなどしなければ良いだけではないのか？」

「あれはボランティアのキスだと言っただろう？　イザベラが物欲しそうな顔しているのが悪いんだ！　僕は悪くない！」

「では、貴様は何をしに来たのだ？　悪いと思って謝罪に来たのではないのか？」

「不本意だよ！　あの姉妹が責任を取って謝れば済むのに、高貴なこの僕が、負け犬のようにみっともなく謝るなんて」

体が痛すぎて、全部ぶちまけてやった。

この騒動は全部シルヴィアとイザベラが引き起こしていた。僕はむしろ被害者なんだ。

あの日、イザベラがキスをせがまなければ、僕は口づけなどしなかった。

イザベラのやつ、何で全力で僕を庇わないんだよ。あの薄情者が。

「だ、そうだ。物欲しそうな顔をしていたのか?」

「否定はしませんわ。アルヴィン様ったら、泣いてみせると、わたくしのためにフェルナンド様とシルヴィアに鉄槌を下すと仰ってくれましたし、利用してやろうと思いましたから」

「ほら、見ろ! こいつが悪いだろ!」

なんだ、イザベラもいたのか。

面倒なことになっているんだ。その分からずやの王女に教えてやってくれ。

全部自分と妹がやらかしたことで、僕は悪くないって。

「そのあと、わたくしの唇を奪おうとされたときも、〝ライラなんて知るものか、イザベラの方が百倍魅力的だ。何かあっても僕がガツンとあいつに言ってやる〟と格好いいこと仰るな、と」

「えっ? そ、そんなこと言ったかな?」

「そのあとも、〝もう僕はどうなっても構わない、君が欲しい〟と言われ、わたくしも舞い上がってしまい、その後、何度も。わたくし、期待していましたのに。共に平民に落ちても愛してくださると」

な、何を言っているんだ? い、イザベラ? 今、平民に落ちても、とか言わなかったか?

こいつは頭がどうかしてしまったのか? 貴族であるお前が平民になるなんて、そんな意味の分からんことを。

いや、そんなのはどうでもいい。それにこの僕を巻き込むなよ……。

「イザベラは責任を取って、ノーマン家から除籍されるそうだ。つまりは貴族の身分を捨てるということだな。貴様も同じ覚悟を決めてくれれば、私も許さんでもない。当然、婚約破棄させてもらうが」

「にゃ、にゃ、にゃにを馬鹿にゃことを――‼」

んなアホな！　ぼ、僕は王族だぞ！　王子なんだ！　伯爵令嬢ごときと一緒にするんじゃあない！

あ、あり得ないだろう。そんなこと……！

ち、父上が許すはずがない。そ、そうだ、絶対に父上は僕のことを守ってくれるはずだ。

「馬鹿は貴様だ、アルヴィン。ここに来て、貴様は何をした？　言い訳しかしていないではないか。……それで許されると思っていたのか？」

「くっ……」

「今回の経緯は全てノルアーニ国王に手紙として送っている。こちらの希望も、な。あとは貴様の父上の判断次第だ……」

父上に手紙を送っただとぉ⁉

だ、駄目だ。こいつら、僕の不利になることばかり書いているに違いない。

ううう、この僕が平民？　あんな地べたを這《は》う虫けらみたいな身分に、この僕が落ちるのか？

痛い、痛い、痛い、痛い。誰か、この僕を助けろよ――。

フェルナンドはどうした？　シルヴィア、お前も何をしている？

この僕を守りに来いよ！　今すぐに！

◆〈シルヴィア視点〉

「きゅ、きゅーん！　きゅん！」

巨大化してティルミナを追ったルルリアは疲れて丸一日ほど眠りにつきましたが、目が覚めてからは旺盛な食欲を見せつけて、今も元気に駆け回っています。

ルルリア曰く、あれが神獣・白狐の成体らしいです。彼女は体力的にまだ幼いから大きな体を短時間しか維持出来ないとのこと。

それでも、彼女には助けられました。もしも彼女がいなかったら、ティルミナとニックは討伐することは出来ずに、この国もノルアーニ王国も混乱の渦に飲み込まれたかもしれません。

「ルルリア、そろそろフェルナンド様のところに行きますよ」

「きゅん！」

今からフェルナンド様と二人で食事に行きます。彼のオススメのお店です。

ナルトリア王国に来て、まだ一ヶ月も経っていませんのに、もう随分と長くいるような気がします。

辺境に嫁いだつもりが、アルヴィン様に怒られて、そのアルヴィン様がイザベラお姉様と浮気をして、ライラ様にその件に対して謝罪に訪れたのですが、結局何をしに来たのか分からなくなるくらいトラブルに巻き込まれました。

「お姉様の代わりに謝罪なんて、思い上がっていました。イザベラお姉様は自分の責任はきちんと自分でお取りになり、私は何も出来ていません」

大好きなイザベラお姉様の一大事だということで、何とか彼女を助けられないかと頑張ってみたのですが、お姉様は自ら功績を上げて、勘当される道を選びライラ様を納得させるだけの責任を取ります。

なんせ、そのライラ様がお姉様を王宮で雇うと言い出したのですから。

謝罪相手にそこまで言わせるなんて、自分にはとても無理です。

「それで、何か落ち込むことがあるのかい？　イザベラが自分の責任を取るなんて当たり前のことじゃないか」

「そうかもしれませんが、格好悪いです。私が」

「ははは、シルヴィアは素直に本心をさらけ出すんだな。格好悪くなんてないよ。ティルミナ、ニックという歴戦の魔術師を相手にして、それを退けるのに一役買ったんだから」

フェルナンド様は笑いながら私の肩を抱いて慰めてくれます。がっしりとした腕の中は温かく、太陽のような匂いがしました。

ティルミナはお姉様が、ニックはフェルナンド様が倒されましたし、何よりこの国に来た目的とは関係ないのでその辺りは考えていなかったのですが。

「君は凄い力を持っている。昨日、ノーマン伯爵と話していてね。大賢者様はシルヴィアは自分を超える魔術師に必ずなると予言したそうだ」

「私がお祖父様を超える？　あり得ません」

「そんなことはない。雷神の鎚《トールハンマー》を使って平気でいられるのは、お祖父様と君くらいだって言っていたよ。伯爵殿はようやく体力が回復したらしい」

お父様はニックとの戦いで疲労しており、ベッドの上でしばらく生活していたのですが、昨日は普通に歩いて談笑していました。

なので体力が回復したことは知っていましたけど、よく考えてみれば私はちょっと休んだだけで特に疲労は残っていません。

雷神の鎚《トールハンマー》を初めて使って、倒れて、そこから深く何も考えていませんでしたが、確かに変です。

余談ですがお父様はイザベラお姉様の意志を尊重しました。何となくそんなことを言い出しそうだと思っていたそうです。

私は全然想像していませんでしたが……。

「シルヴィア・ノーマン。君は特別な子だ。もしかしたら、いや、もしかしなくても、辺境の聖女と呼ばれるようにもなっているが、田舎で一生を終えて良い人間じゃないかもしれない」

どこか遠い目をしてフェルナンド様は私を特別な人間だと言います。

自分のことを特にそんなふうに考えたこともないので、彼の発言の意味が分かりませんでした。

だって、私なんて仮にここが小説の世界なら脇役、ひっそりと生きている住人だと思っていましたから。

「イザベラは宮廷魔術師として、この国に仕えることになったが、国王陛下は君のことが欲しかったらしい。私の婚約者でなければ王族の誰かと結婚させてでもね。この国だけじゃない。噂が広まると大陸中の国が君に注目するだろう」

「そんな馬鹿なことって……」

「あるんだよ。大賢者様は大陸中で伝説を残している。君が大賢者アーヴァインを継ぐものとして、確かな実力を示したことが分かれば、それは近い将来現実になる」

お祖父様が家督を継ぐまでの間、世直しの旅をしていたことは存じています。

そして数々の逸話を残しており、大陸中の人間に知られていることも。

ですが、それはお祖父様の実績であって私の実績ではありません。

それなのに、まるで私が大賢者の後継者として扱われるなんて信じられません。

「そんな君を私が縛っても良いのかい？　もしも、君が望めば、君はもっと――」

「フェルナンド様、何だか面倒ですね」

「えっ？」

私はくるりとフェルナンド様の正面に回って、彼の右手を両手で握りました。

何だか話が壮大になってきて照れ笑いが出てしまいます。

大賢者アーヴァインの孫ということについて、今日ほど考えさせられたことはありません。

「面倒ごとが増えるかもしれません。色々と予想もつかないことも。でも、私はフェルナンド様のお側にいると決めていますから」

「シルヴィア……」

「こんな私ですが、ずっと一緒にいてくれませんか？」

昔は大人っぽいお姉様の婚約者としてしか見ていませんでした。当たり前なんですけど。ですが、こうして共に過ごしていると安らぎますし、何よりも私のことを大事に考えていることも伝わります。

他の誰が私をどう思おうと関係ありません。

だって、私はこの方と共に人生を歩みたいって思っているのですから。

「退屈とは無縁の人生になりそうだ」

「ですが、そういうのは嫌いではないですよね？」

「よく知っているじゃないか。今、とても幸せだよ」

「私もです」

一難去ってまた一難という言葉が遥か東の国にはあるみたいです。

そんなのいくらでも乗り越えてみせます。

だって、私はフェルナンド様と迎える明日がとっても魅力的なんですから――。

番外編

あの日の思い出

私のお祖父様は大賢者と呼ばれています。何が凄いのかよく分かりませんが、とにかく凄い魔術師なんだそうです。

お父様は私とイザベラお姉様にアーヴァインお祖父様みたいな魔術師になってほしいと魔法の先生をしてくれています。

お父様の修行は大変です。魔法は体力だといつも中庭を何周も走って、走って、疲れているのに休む間もなく腕立て伏せや腹筋運動まで毎日百回は欠かさずすることになっていました。

私はいつも疲れすぎて泣いてしまいます。お姉様は私と違って毅然とした表情で弱音を吐いたことは一度もありません。

私はそんな素敵なイザベラお姉様に憧れています。

イザベラお姉様はとてもお優しいのです。

昨日も私が動けなくなって、倒れていると肩を貸してくれてお父様に休ませるように言ってくれました。

お姉様はきっとアーヴァインお祖父様みたいに大賢者と呼ばれるくらい凄い魔術師になると思います。

今日はお祖父様がお家にやって来るのですが、魔法を見てくれるそうです。

私もお姉様には及ばないまでも、頑張って魔法の修練を積みましたので、褒めてもらいたいと思っています。

でも、お父様からは怒られてばっかりだし、お姉様の方がうんと魔法がお出来になるので、それは難しいかもしれません。

「お祖父様、ようこそお越しくださいました。わたくし、地水火風雷の初級魔法を全て覚えましたの」

「それは凄いですね、イザベラ。あとで見せてください。それにしても、今日は暑いですねぇ。アイスティーを頂けますか？」

「父上、ようこそおいでくださいました。……おい！　アイスティーをお出ししなさい！」

「はい。旦那様」

アーヴァインお祖父様は優しそうに微笑みながら、駆け寄るイザベラお姉様の頭を撫でていました。

お祖父様の雪みたいに真っ白な髪はお年を召したからではなく、生まれつきだと聞いています。魔力の量が多い人間は髪の色素が抜けてしまうことがあるみたいです。なのでアーヴァインお祖父様は生まれたその日から真っ白な髪色をしていたので、将来有望な魔術師になると期待されたとのことでした。

イザベラお姉様の髪は紺色、私の髪は薄い桃色です。どちらも白くはありません。

とはいえ、魔法的な素養があっても真っ黒だったという例もありますから、私もお姉様も厳しい修練の結果、お祖父様よりも凄い魔術師になれる可能性はあるとのことでした。

イザベラお姉様はノーマン家の長女ですから、特に期待されているみたいです。

その期待に応えるべく、お姉様は努力の研鑽を重ね、初級魔法をほとんどマスターしてしまいました。六歳でこれだけ沢山の魔法が使えるのはお姉様だけなのだそうです。

前にお父様がそう自慢していたのを私は聞いていました。

私も難しい言葉とかいっぱい勉強して、魔法のご本を一人でも読めるようになったことを褒めてほしいです。

でも、本を読んで色んなことを知っても魔法というものは簡単に使うことは出来ません。

ですから、私よりも遥かに魔法が上手く使えるお姉様ばかり褒められるのは当たり前のことでした。

「魔炎《フレア》！」

お姉様はお顔と同じくらいの大きさの魔法陣から炎を放ち、離れたところに置いている的を見事に燃やします。

魔法というのは集中力が大事だとお父様から教わりました。

集中するっていうのが、私は下手でつい晩御飯のことを考えたり、昨日のクッキーが美味しかったことを思い出したりしてしまって、魔法を使おうとして失敗してしまうことも度々あります。

私と一つしか歳が違わないのに大人っぽい表情で魔法を使うお姉様はそれはそれは凛々しくて、いつも見惚れてしまっていました。

「イザベラ、前に見たときよりも精度も威力も高くなっていましたね。お見事です」

「ノーマン家の魔術師として当然ですわ」

お祖父様は手を叩いてお姉様のことを褒め、イザベラお姉様は少しだけ頬を桃色に染めながら、髪をかき上げて嬉しそうな表情を見せます。

お父様は滅多に褒めてくれませんので、私もお姉様もお祖父様に魔法を見せるのが大好きなのです。

「父上、困りますなぁ。娘が調子に乗っては今後の成長が――」

「まぁまぁ、良いじゃぁありませんか。あなたが立派に家を継いでくれたので、お祖父ちゃんは無責任に孫を甘やかすことが出来る特権を手に入れたのです。親孝行したと思っていてください」

「むぅ、今日だけですよ」

いつもは厳しくて怖いお父様もお祖父様には敵いません。

どんなに苦言を呈しても笑いながら知らん顔をすると、お父様は簡単に引き下がるのです。

「さぁ、シルヴィアも見せてご覧なさい」

お祖父様は私にも魔法の修練の成果を見せるように口にしました。

私はいつも失敗ばかりだから上手くいくかどうか不安なんですけど、頑張ってみます。

お祖父様に促されて私も初級魔法を披露しました。うう、やっぱりイザベラお姉様みたいにはいきません……。

「ほう、シルヴィアも上手くなりましたね。よく頑張っているのが伝わりますよ」

「でも、お姉様みたいに上手くいきませんでした」

「シルヴィアは仕方ない子ですね。今度、わたくしが教えて差し上げます」

何度か失敗はありましたが、お祖父様は褒めてくださいました。

そうだ。せっかくお祖父様が来てくれましたので、練習している魔法も見てもらいましょう。

「お祖父様、もう一つ魔法を見てくれませんか？」

「もう一つ魔法を、ですか？　もちろん構いませんよ」

この魔法は私が本で読んでどうしても修得したいと思った魔法です。まだ数えるほどしか成功したことはありませんが……。

私は破れた紙を取り出して、お祖父様に見せました。

お祖父様は私がどんな魔法を使うのかまだピンと来ないみたいです。

「再生魔法《リ・ワインド》！」

私は破れた紙を元に戻そうと再生魔法を使いました。

最近、お姉様が捨てたり壊したりしたものを直すことが楽しくなってきたので魔法でも直そうと頑張って本を読んで勉強して再生魔法の使い方を覚えたのです。

紙切れは銀色に輝きましたが、元には戻らずに再生魔法は失敗してしまいました。

「シルヴィア！　何をやっているのだ⁉　超高等魔法の再生魔法をお前みたいな未熟者が使えるはずがないだろう！」

お父様はその結果をご覧になって、大きな声で叱りつけます。

簡単ではない魔法だとは知っていましたが、そんなに難しい魔法とは知りませんでした。

「いえ、非常に惜しかったですよ。単純に集中力不足だったように見受けられます。シルヴィア、今度は頭の中にきれいな円を描いてみてください」

怒っているお父様をアーヴァインお祖父様は手で制して、私にアドバイスを送ります。

頭の中にきれいな円ですか？　こうですかね……。

私は頭の中に円形を思い浮かべました。

「その真ん中に点を一つ刻んで、そこをずーっと見つめながら、もう一度、再生魔法に挑戦してみてください」

ええーっと、頭の中の円の中に点を一つ？

それをずっと見つめて、見つめて、見つめて……。

「再生魔法《リ・ワインド》！」

お祖父様のアドバイスどおりに魔法を発動すると、いつもよりも手のひらが熱くなった感覚がありました。

でも、目をつむっているので再生魔法が成功したのかどうか、分かりませんね……。

「ま、まさか、五歳で再生魔法を……!?　し、信じられん！」

「イザベラもシルヴィアもこれからが楽しみな子たちですね」

お父様の方からは驚いた声が聞こえて、お祖父様の方からは嬉しそうな声が聞こえました。

恐る恐る、目を開けると破れた紙がしっかりと新品同様に戻っています。

さ、再生魔法に成功しました。

お祖父様は私が何を苦手にしているのか瞬時に見抜いてアドバイスをしてくれたのです。

私の頭を大きな手で撫でながら笑いかけるお祖父様。

◆

それがお祖父様の顔を見た最後の日でした。

今日みたいに夏の日差しが強い日はいつもあの日のことを思い出します。

『シルヴィア、力を過信してはいけません。飲まれず、欲せず、加減することを覚えなさい』

という言葉はお祖父様が帰りがけにかけてくれた言葉です。

このときのお祖父様の顔はいつもの笑っている顔と違って真剣そのものだったので、それが妙に印象的で今でもはっきりと記憶に残っていました。

「再生魔法《リ・ワインド》！」

「暑いのにすまないね。シルヴィアのおかげで小麦の収穫量も上がりそうだ。さすがは辺境の聖女だと領民たちも君に感謝しているよ」

「で、ですから聖女はやめてください。恥ずかしいんですから」

たとえ、荒地だろうと御神木だろうと治してしまうとんでもない魔法……。今ではフェルナンド様にも、辺境に住む方々にも喜んでもらっています。

ですが、だからといって慢心はしません。この先もお祖父様の言葉を心に刻んで、力の使い方と常に向き合っていきたいです。

あのときの言葉こそがお祖父様の形見になっているのですから――。

本書に対するご意見、ご感想をお寄せください。

あて先

〒162-8540 東京都新宿区東五軒町3-28
双葉社　Mノベルスｆ編集部
「冬月光輝先生」係／「先崎真琴先生」係
もしくは monster@futabasha.co.jp まで

Mfノベルス

姉《あね》の身《み》代《が》わりで婚《こん》約《やく》したら何《な》故《ぜ》か辺《へん》境《きょう》の聖《せい》女《じょ》と呼《よ》ばれるようになりました

2021年９月18日　第１刷発行

著　者　冬《ふゆ》月《つき》光《こう》輝《き》

発行者　島野浩二

発行所　株式会社双葉社

〒162-8540　東京都新宿区東五軒町３番28号

［電話］03-5261-4818（営業）　03-5261-4851（編集）

http://www.futabasha.co.jp/（双葉社の書籍・コミック・ムックが買えます）

印刷・製本所　三晃印刷株式会社

［電話］03-5261-4822（製作部）

ISBN 978-4-575-24436-6 C0093　

Mノベルス

王太子に婚約破棄され捨てられた瞬間、公爵令嬢レティーシアは料理好きOLだった前世を思い出す。国外追放も同然に女嫌いで有名な銀狼王グレンリードの元へお飾りの王妃として赴くことになった彼女は、もふもふ達に囲まれた離宮で、マイペースな毎日を過ごす。だがある日、美しい銀の狼と出会い餌付けして以来、グレンリードの態度が徐々に変化していき……。コミカライズ決定！　料理を愛する悪役令嬢のもふもふスローライフ、ここに開幕！

発行・株式会社　双葉社